Inhalt

Prolog
Miss Mary Jane

1.Oktober 1770

„Keine Spur.", sprach ihr Beauftragter.

„Finden Sie sie nirgends?", fragte Miss Mary Jane.

„Leider, meine Durchlaucht." Sie stand auf und sah aus dem Fenster.

„Was kann ich sonst tun?"

„Sie weiter suchen bis ihr sie findet?"

„Wen?"

In dem Moment kam ein Mann 1,60 groß herein. Er hatte eine weiße Perücke auf dem Kopf, eine blaue Hose und ein weißes Hemd mit einer braunen Jacke darüber. Die Frau drehte sich um und sah ihn mit ihren strahlenden blauen Augen an. Seine braunen Augen sahen sie an.

„Die Lady, die uns zusammen gebracht hat. Ich wollte mich bei ihr bedanken und sie zu unsrer Hochzeit einladen"

„Die sagendhafte Lady Tiger."

„Genau, diese Lady. Aber nirgendswo können sie sie finden."

Der Mann ging zu ihr und nahm die Frau in den Arm.

„Ach, Leopold." Er wischte ihr die Träne weg, die ihr über die Wange rollte.

„Wir werden die Lady schon finden." Sie lächelte ihn an.

Kapitel 1
Veränderungen

8. November 2014

Ich verräumte meine Ordner in den Spind, als Prisella und Pia neben mir standen.

„Hallo Romy."

Sie erschreckten mich dabei.

„Sag mal geht's noch."

„Ne, wieso?", sprach Prisella.

„Da ihr mich erschreckt habt."

„Sorry."

„Kommst du auch zur Party?", fragte Pia.

„Nein. Was denn für eine Party?"

„Die Geburtstagsparty von Pia."

„Hört mir auf mit Party. Bevor du nochmal fragst nein."

„Warum denn nicht?", fragte Pia traurig.

„Weil ich seit 3 Tagen aus dem Krankenhaus bin und muss mich ernsthaft erholen."

„Tja das ist verständlich."

„Ist da etwas anderes?"

„Ne."

„Vielleicht sind es zu viele Geheimnisse auf einmal, die Romy erstmal verkraften muss, Prisella."

Sie spricht mir aus der Seele.

„Sowie ihre Grandma."

„Erinnere mich nicht an das Gespräch mit Mrs Pruse."

Meine Granny hat Mrs Pruse klar machen müssen, wieso ich die ganze Zeit gefehlt habe im Unterricht. Dieses Gespräch dauerte länger als eine Stunde. Was das schlimmste

war ich musste mit dabei sein und habe mich total gelang-
weilt.

„Romy, wann würdest du wieder Zeit reisen?"
 Diese Frage kam so plötzlich von Pia, dass ich nicht ant-
worten konnte.

„Was machst du, wenn du ein Schwindelgefühl be-
kommst? Du weißt, dass du reisen musst. Dein Grandpa
sagte dies."
Von dem bekam ich gerade Kopfweh. Um das zu stoppen
rief ich: „Hey Leute. Ruhig. Alles mit der Ruhe." Ich at-
mete tief ein und aus. „Also. Ich weiß nicht, wann ich
springe und außerdem kenne ich die Regeln." Stille war
geworden im Gang.

„Und… Haben wir heute Nachmittag Musik?"

„Ja.", gab Prisella zur Antwort.

„Yeah. Bei meinem Lieblingslehrer. Ihr wisst wie ich
dazu stehe."

„Ja."
Für mich war es beschämt zu wissen wer meine Liebe ist.
Das war es wirklich. Erstens verliebte ich mich in Lucas,
zweitens erzählte mir Mr. Matterl von einem Mädchen,
drittens traf ich mich mit ihm also in der Vergangenheit,
viertens musste ich ihm erklären, dass er mein Musiklehrer in der Zukunft ist und fünftens war es total blöd von
mir die Regel zu brechen. Seitdem sind 2 Wochen vergan-
gen und seither habe ich Mr. Matterl auch nicht gesehen.
Die einzige Versuchung, die mir nicht passieren darf in
seine braunen Augen zu sehen. Das könnte für mich gefährlich werden. Nach den Wochen wunderte mich das

nicht, was ich erlebt hatte. Nun wollte ich nur nach Hause. Es war Mittag.

„Mädels können wir nach Hause?" Ich war kaputt.

„Gut gehen wir."

Wir nahmen unsere Sachen und verließen die Schule. Prisella und Pia begleiteten mich nach Hause. Die beiden verabschiedeten sich von mir. Ich öffnete die Haustür.

„Hallo große Schwester."

Sofort kam mir Julia entgegen.

„Hallo kleine Schwester."

„Granny hat das Essen schon fertig."

„Super."

Ich bin gar nicht gewohnt, dass Julia über den Mittag zu Hause ist. Aber seit Mum in der Irrenanstalt ist oder wie man das auch nennt ist vieles anderes. Granny versorgt Julia, Nil und mich. Also sie macht alles für uns. Sogar die Elterngespräche in der Schule nimmt sie wahr. Dafür bin ich ihr dankbar. Am Tisch saßen Nil und Granny schon bereit, als Julia und ich uns an den Tisch setzten.

„Schön, dass du da bist. Jetzt können wir anfangen."

Nil nahm sofort die Gabel und steckte sich eine Nudel in den Mund. Nachdem er runtergeschluckt hatte, fragte er:

„Kommt heute Tante Sophie?"

„Ja. So gegen drei Uhr. Da müsste Romana schon wieder da sein."

Ach ja. Wir haben ein neues Familienmitglied. Meine ehemalige Englischlehrerin Mrs Self ist nun meine (unsere) Tante. Prisella und ich sind darauf gekommen, nachdem sie ihre Erinnerungen nach einem Unfall verloren hatte und bei uns war. Ich musste ja raus finden was sie so alles in ihrem Leben erlebt hat. Sebastian hatte mich darum gebeten ihr zu helfen. Es war eine harte Arbeit zumindest für mich, aber ich habe so einige Geheimnisse herausgefunden. Dank dem ganzen weiß ich jetzt auch wer mein Dad ist. Kommen wir zurück. Ich aß von den Schinkennudeln und fühlte mich elend. Mir wurde irgendwie… Nein. Bloß kein Schwindelgefühl und Zeitsprung unkontrolliert. Mein Ring liegt in der Schachtel und gut verstaut in meinem Zimmer.

„Romana, geht es dir gut?", fragte Granny.

„Es ist nur von der Überanstrengung."

„Bist du dir sicher?"

Diesmal Nil.

„Oder ein Schwindelgefühl mit Zeitsprung. Dies ist schon lange nicht mehr vorgekommen."

Da hat Julia recht. Seitdem ich vom Krankenhaus heimgekommen bin und während des Aufenthalts auf der Station hatte ich kein Schwindelgefühl mit Sprung. Die Frage ist, ob ich überhaupt noch Zeitreise nach den Sachen.

„Ist es so?"

„Wahrscheinlich Granny."

Grandma stand sofort auf und kam zu mir.

„Verschwimmt alles vor den Augen?"

„Nein."

„Dann ist es wirklich die Anstrengung und kein Zeitsprung."

„Woher weißt du das so genau?"

„Weil euer Grandpa mir es erzählt hat."

Alles klar. Grandpa muss seine Ehefrau doch eingeweiht haben.

„Nun esst fertig. Kein Notfall."

Sie setzte sich wieder hin und wir aßen weiter. Nachdem Essen lief ich in mein Zimmer. Ich kramte aus einer Schublade des Schreibtisches ein Kästchen vor. Den Deckel nahm ich ab. Darin lag der Ring. Soll ich oder nicht. Nein. Dies wäre ein Fehler. Nie mehr Zeitreisen. Jetzt ist das Maß voll. Warum muss ich das geerbt haben? Wieso kann ich nicht so sein wie Prisella und Pia? Einfach ein normales Mädchen. Ich schloss den Deckel und legte es wieder in die Schublade. Danach machte ich sie zu. Ich sah auf die Uhr. Um 1 Uhr. Zeit wieder in die Schule zu gehen. Ich verließ mein Zimmer.

Auf den Weg kurz vor der Schule erblickte ich eine Frau und einen Mann. Ich musterte sie von oben bis unten. Danach erkannte ich wer es war. Mein Musiklehrer und küsste eine Frau. Momentmal von der Seite könnte die ich sein. Ne kann nicht sein sicher nur Zufall. Mr Matterl drehte sich und sah zu mir. Ohh. Ich habe nichts gesehen. Schnell weg hier und ins Musikzimmer geschwind. Völlig außer Atem kam ich dort an.

„Hey. Wo warst du? Wir warten schon 5 Minuten hier."

„Schlechter Moment das zu fragen, Prisella." „Was ist denn?"

„Einfach nicht fragen."

Pia und Prisella sahen mich mit großen Augen an.

„Wir wollen es auch nicht wissen."

„Was wollt ihr nicht wissen?"

Diese Stimme war unverkennbar.

„Ignorieren Romana. Ignorieren.", rede ich mir ein und lief stur auf meinen Platz.

„Das müssen Sie nicht wissen.", gab Prisella zur Antwort auf Mr. Matterls Frage und meine beiden Freundinnen folgten mir. Dies Verstand er nicht und zuckte mit den Schultern. Ich könnte heulen, aber diesen Gefallen tue ich ihm nicht. Er ist mir egal. Den ganzen Unterricht ignorierte ich den Lehrer und sprach nur mit Prisella und Pia. Mir fiel auf, dass Miss Pinky fehlte. Oh Sorry. Violetta. Wahrscheinlich hat sie ein schlechtes Gewissen. Nachdem was sie gemacht hatte.

„War Miss Pinky eigentlich heute Morgen da?", fragte ich Prisella.

„Nein."

„Das muss mir wohl entgangen sein. Hab mich schon gewundert, dass niemand triumphierend lacht und Diana so allein ist. Jetzt kann sie wenigstens zur Abwechslung mal nett sein."

„Klar den Gefallen tut sie dir sicherlich gern.", gab Pia darauf.

„Das wird sie."

„Haha. Glaub mir ich kenn Diana besser wie du. Diana ist und bleibt eine Zicke."

„Ja kann sein." , sprach ich und schloss meine Federschachtel und nahm meinen Ordner plus meine Federschachtel. Danach verließ ich das Musikzimmer, als es hieß aufräumen. Oben wartete ich vor dem Schulhaus auf Prisella und Pia. Sie kamen 5 Minuten später.

„Du warst so schnell fort. Stimmt etwas nicht?", redete Pia.

„Es ist alles in Ordnung. Gehen wir.“
Prisella sagte: „Ist sicherlich wegen Mr Matterl.“ „Trifft sie das immer noch hart.“
Prisella nickte.
„Ok. Dann sprechen wir dich am besten nicht mehr drauf an.“
„Schön, dass ihr es gemerkt.“ Wir liefen nach Hause.

Ich saß in meinem Zimmer. Heute war echt der schlimmste Tag. Erst küsst sich… ich will seinen Namen nicht nennen... eine andere. Dann zu Hause erklärten mir Tante Sophie und Granny was passiert ist.
„Ich denke es ist an der Zeit, dass wir dich einweihen.“, sprach Sophie.
„Noch ein Geheimnis.“ ‚dachte ich mir.
„Du bist jetzt sicher überrascht…“
„Mach es nicht so spannend Granny.“
„Ihr werdet vorübergehend bei Granny bleiben bis euer Vater wieder da ist.“
Ich schluckte und sprach: „Wann ist er wieder da?“
„Er ist vor zwei Wochen nach Amerika geflogen, sagte seine Haushälterin. Nicht nur das. Sam ist Geschäftsmann. Das Amt hat herausgefunden wo er wohnt.“
Endlich erfahr ich mal den Namen. Wie Sophie gerade seinen Namen aussprach. Richtig schwärmend. Ich runzelte die Stirn.
„Wieso eigentlich?“
„Romana, nachdem deine Mum in die Physiatrie kam

hat das Amt nach den zweiten Erziehungsberechtigen geschaut. Es ist euer Vater nicht Granny."

„Waren sie verheiratet?", fragte ich vorsichtig nach.

Sophie und Granny sahen sich an und wechselten die Blicke.

„Sag du es ihr.", gab Sophie darauf.

„Ja. War aber für Sam keine leichte Entscheidung, denn er…"

Sophie räusperte sich.

Ich sah Sophie an. Irgendwas irritierte mich an dieser Sache. Warum darf Granny nicht weiter sprechen.

„Tja. Das war alles."

Darauf wurde ich wütend: „Es war kein Dad da. Julia, Nil und ich hatten keinen Vater."

„Doch bis Julias Geburt.", entgegnete Granny.

„Ist Nil überhaupt mein Bruder?", rief ich und rannte aus dem Zimmer.

„Warte!", rief mir Granny hinter her.

„Lasst mich in Ruhe."

Sophie sprach: „Lass sie es verdauen. Sie ist überfordert mit dieser Sache."

Tränen aufgelöst kam ich in meinem Zimmer an. Die Heirat ist gelogen. Ich heiße Canberra. Moment wer war Nil´s Vater, wenn Sam nur bis zu Geburt von Julia da war? Was durfte Granny nicht sagen? Nun griff ich zum Handy und rief Prisella an.

„Hi Romy."

„Hi Prisella können wir uns treffen?"

„Jetzt."

„Ja."

„Okay bei dir.“

„Nein. Am besten irgendwo anders aber nicht bei mir.“

„Gut. Bei den Stiegen vom Brunnen am Hauptplatz. Bin in 5 Minuten dort.“

Sie legte auf. Schnell verschwand ich aus dem Haus und lief zum Hauptplatz. Prisella kam mir entgegen.

„Hey Süße. Was ist denn los?“ Sie umarmte mich.

„Du klangst am Telefon traurig.“

„Setzen wir uns.“

„Klar doch.“

Wir setzten uns auf die Stiegen.

„Also. Meine Tante und Granny haben mir gesagt was passieren wird.“

„Und was?“

„Julia, Nil und ich bleiben solange bei Granny bis…“

„Deine Mum.“

„Falsch. Mein Dad aus Amerika zurück ist.“

„So müssen deine Mum und dein Dad verheiratet gewesen sein.“

„Genau das ist das Problem was sie mir einreden wollten. Sam, wie er heißt, ist Geschäftsmann und vor zwei Wochen nach Amerika geflogen.“

„Im Klartext: Ihr dürft nur so lange bei Granny bleiben bis euer Dad zurück ist. Wenn er da ist müsst ihr zu ihm. Was wird dann aus Granny?“

„Das weiß ich nicht. Vorallendingen eine Sache macht mir stutzig. Granny durfte mir was nicht sagen. Sophie hat sie gestoppt. Und Nil ist gar nicht von meinem Dad. Die Frage ist: Hat er überhaupt an uns Interesse.
Warum ist alles so kompliziert?“

Ich schlug die Hände über dem Kopf zusammen.

„Hey. Es gibt einen Ausweg."

„Und welchen?"

„Dein Geheimnis."

„Ich kann das nicht."

„Tue es für Julia und Nil."

„Nil ist noch nie gereist. Es wäre zu gefährlich."

„Es war ein Vorschlag. Aber das mit Nil und das andere kannst du nur über das Geheimnis raus finden."

„Ja." Was ich ja gar nicht mehr tun wollte oder ich frage meinen Dad. Genau das wäre das Beste.

Stille trat ein. Die Leute liefen an uns vorbei.

„Was ist denn heute vor dem Musikunterricht passiert?"

Mich erstaunte es, dass Prisella danach fragte.

„Vor dem Schulhaus sah ich eine Frau und will seinen Namen nicht nennen."

„Ich weiß, wen du meinst. Unser M-Lehrer. Haben sie sich geküsst?"

„Ja aber nachdem…"

„bin ich davongelaufen."

„Ja."

„Immer wenn es spannend wird läufst du davon."

„Du weißt, wie empfindlich ich bin. Außerdem hat er in meine Richtung geblickt und die Frau sah von der Seite aus wie ich."

„Ja. Da wäre ich auch gegangen. Sag mal hast du einen Zwilling?"

„Keine Ahnung."

„Wie wäre es mit Geheimnis?"

„Ne. Momentan nicht. Ist alles gerade ein bisschen viel." Ich legte den Kopf in die Hände und fing an zu heulen.

„Hey, ich bin für dich da."

„Wirklich?"

Prisella nickte.

„Ich denke du willst nicht einmal nach Hause."

Diesmal nickte ich.

„Was ist, wenn du."

„Nein. Ich werde vor nichts mehr davonlaufen."

Ich sagte es so hart, dass es Prisella schockte.

„Schon gut. Ach ja. Bevor ich es vergesse. Mrs Schulz wird für einige Zeit nicht da sein wegen dem Mutterschutz. Für sie wird Mrs Gigi. eine neue Lehrerin kommen."

Dies hatte ich noch gar nicht mitbekommen.

„Ab wann?"

„Ab Donnerstag und nur in Geschichte. In Geographie sowie Chemie wird Mrs Turner kommen."

„Kenne ich beide nicht."

„Genauso geht es mir."

„Schauen wir wie sie sich machen."

„Hoffentlich nicht so streng wie Mrs Pruse."

„Das hoffe ich auch."

Prisellas Handy läutete und sie nahm ab.

„Ja, Mum."

Sie legte wieder auf.

„Sorry ich muss jetzt gehen. Bis morgen- Hey nicht heulen. Verstanden."

„Verstanden."

Prisella ging. Tja! Von wegen nicht heulen. Mir wäre dazu zu mute. Aber was soll's. Muss ja nach Hause. Ich holte tief Luft und lief los. Lief einfach drauf los. Auf dem Weg sah ich ein Kind wie es zu seinem Vater lief. Vielleicht ist es ja richtig meinen Dad kennen zu lernen. Dies sagte ich mir den ganzen Abend bis zum Schlafen gehen. Ich legte mich ihn und schlief sofort ein.

Kapitel 2
Die neue Geschichtelehrerin

Am Donnerstag hatten wir Geschichte mit unseren neuen Lehrerin Mrs Gigi. Sie hat blonde, schulterlange Haare und braune Augen. Ihr Wesen war mir sofort sympathisch. Diese Lehrerin hat den Unterricht wirklich anders gestaltet wie Mrs Schulz. Viel besser. Aber irgendwo her kam mir die Frau bekannt vor. Egal jetzt. Das Thema war 1. Weltkrieg. Interessiert mich wenig. Geschichte ist nicht mein Fach, obwohl ich aufpassen sollte wegen dem Zeitreisen was ich nicht mehr tun will. In der Stunde machte ich sogar die Blätter die Mrs Gigi. verteilte. Normalerweise bei Mrs Schulz machte ich sie nie sowohl auch Hausaufgaben. Doch diesmal konnten Prisella, Pia und ich es uns nicht erlauben während dem Unterricht zu reden. Neue Lehrer andere Regeln. Nach Geschichte war Mathe. Wie ich dieses Fach hasse. Vorallendingen mit Mrs Pruse. Sie ist unsere Klassenlehrerin was schon schlimm genug ist. Nachdem ich immer wieder davon gelaufen bin wegen dem Schwindelgefühl hat sie mich verfolgt. Mehr als Horror. In den Stunden von Mathe waren Volumen berechnen von Würfel, Quader und dessen Oberfläche. Ich machte die Aufgaben, währenddessen beobachtete mich Mrs Pruse mit einem grimmigen Gesicht. Wahrscheinlich wegen meinem häufigen Verschwinden. Was nur bei ihr vorkam. Ich konnte mir jetzt schon denken, was passieren würde, wenn ich jetzt aufstehe.

„Romana, glaub ja nicht, dass du jetzt davon laufen

kannst“

Stellte ich mir Mrs Pruse Stimme vor. Prisella merkte dies.

„Lass dich nicht von der irritieren.“, flüsterte mir Prisella zu.

„Ja, genau.“, gab Pia darauf.

„Prisella und Pia ihr lenkt Romana ab. Macht eure Aufgaben.“

Diese Stimme war von Mrs Pruse. Wer lachte mal wieder triumphierend? Natürlich Miss Pinky (Violetta). Wie sie es genoss, wenn es uns wieder traf. Sie hasste mich. Nachdem es aufflog, was sie mir und ich will seinen Namen nicht nennen in die Schuhe geschoben hatte. Egal. Ich lass mich nicht von der provozieren. Die Tage ohne Miss Pinky waren besser. Zum Glück läutete die Glocke. Meine Sachen verräumte ich sehr schnell. So flink konnte Mrs Pruse nichts sagen, denn ich war schon aus dem Klassenzimmer in die Hofpause gestürzt.

„Romana, Huhu.“

Diese Stimme war Julia.

„Schläfst du schon oder bist du noch wach.“

Ich sah auf meinen Wecker: „22 Uhr.“

„Bin noch wach. Was ist denn los?“

Julia setzte sich auf die Bettkannte während ich mich aufsetzte.

„Ich wollte Dich fragen, wann Du wieder einmal in die Zeit reist.“

Diese Frage traf mich wie ein Schlag. Wieso will auf einmal meine Schwester das wissen. Für mich sehr rätselhaft,

denn seitdem ich aus dem Krankenhaus bin hat sie nicht
mehr danach gefragt.

„In nächster Zeit gar nicht."

„Warum nicht?"

„Ich will dies nicht mehr tun."

„Schade, ist es wegen unserem Dad?"

„Nein, bitte versteh mich nicht falsch. Es ist wegen…"

„Mum. Ich dachte Du wärst meine Schwester."

Tränenaufgelöst stand sie auf.

„Warte!"

Doch Julia rannte aus meinem Zimmer heulend und
knallte die Türe zu. Es machte einen riesen Lärm. Ich
zuckte zusammen. Dann hielt ich die Hände vors Gesicht.
Ist alles meine Schuld fragte ich mich. Anscheinend hatte
Granny nichts gehört. Ich ließ mich aufs Kissen fallen.
Plötzlich ging die Türe auf und jemand machte Licht. Als
ich hinsah war es Granny.

„Wegen was bist Du hier?", fragte ich vorsichtig.

„Ich hörte einen Knall und Julia heult in Ihrem
Zimmer. Was ist passiert?"

„Julia weckte mich und fragte mich wann ich wieder
Zeitreise. Aber ich gab Ihr zur Antwort in nächster Zeit
nicht."

„Ich glaube, du hast noch etwas gesagt."

Wie Granny mich immer durchschaut.

„Ja, weswegen ich es nicht mehr tue. Sie glaubt wegen
Mum und daraufhin ist Julia heulend aus meinem Zimmer gerannt. Bin ich die, die die Familie kaputt macht?"

Granny schüttelte den Kopf.

„Nein, Du bist es nicht. Es konnte keiner voraussehen

was geschehen würde. Dankbar bin ich dir, denn jetzt weiß ich, dass nicht nur Caroline deine Mum, meine Tochter ist, sondern auch Sophie."

„Aber wieso wusste es keiner?"

Granny setzte sich auf meine Bettkante.

„Schau her und hör mir zu. Ich war damals vor deiner Mum schwanger, aber man sagte mir, es sei bei der Geburt gestorben. Im Jahr 1993 bekam ich einen Brief von Mrs. Self, früher hieß sie Bauer. Einige Monate später, nachdem ich eingewilligt hatte wohnte sie bis 1997 bei Grandpa und mir. Grandpa hatte schon immer die Vermutung und redete mit mir oft darüber. Aber ich sah es als Zufall."

„Bei mir tat er so als wüsste er von nichts."

„Dies machte er meistens. Ich habe es nicht mal realisiert. Als Sophie dann wegen dem Streit ging, nur weil Caroline eifersüchtig war. So griff Caroline nach Sam, deinem Dad der mit Sophie zusammen war, denn sie hatten auch Streit. Caroline nutzte die Chance. Heiratete ihn, denn…"

„Sie war schwanger mit mir."

„Genau. Wie die Geschichte weiter geht weißt du ja bestimmt."

„Nicht alles. Erst wurde ich geboren, danach kam Julia und darauf folgte Nil. Momentmal. Wieso heißen wir mit Nachnamen Canberra?"

„Diese Frage kann ich dir leider nicht beantworten."

„Waren sie überhaupt verheiratet?"

„Dies waren sie."

Irgendwie blicke ich nicht mehr durch was mir Grandma erzählt. Entweder waren sie oder nicht. Das Geheimnisse immer so viele Hintergründe haben. Regt mich auf. Alles schwirrt bei mir im Kopf und bereitet langsam Kopfweh.

„Müssen wir wirklich zu Dad?"

„Ja.- Oh. Es ist schon spät. Du musst jetzt schlafen, denn morgen ist Schule."

Granny gab mir einen Kuss auf die Stirn.

„Gute Nacht!", sprach sie und löschte das Licht. Danach verließ sie mein Zimmer und schloss leise die Tür. Nun war ich allein. Ich ließ mich aufs Kissen plumpsen. Die ganze Geschichte die mir Granny erzählt hat, kann ich mir nicht vorstellen über meine Mum und meinen Dad. Das Ganze ist entweder erfunden oder wahr. Was soll ich nun glauben Mums Geschichte oder Grannys. Alles bereitet Kopf zerbrechen. Am besten ich schlafe. Ich drehte mich auf die linke Seite und schloss die Augen.

Am Morgen erwachte ich schweißgebadet auf. Der ganze Körper war nass. Nach der Nacht wunderte mich das nicht. Der Traum war schrecklich. Ich träumte von Mum und Dad. Für mich unvorstellbar, dass Mum und Dad verheiratet waren. Zurück zum Traum. Es war vor dem Standesamt. Sie, Mum und Dad, kamen heraus. Mum hatte einen Babybauch, wahrscheinlich mit mir schwanger. Sie war glücklich, aber Sam nicht. Anscheinend war er traurig. Dies verstand ich erst nicht, bis ich dann Sophie, meine Tante, im Traum sah. Wie Sophie Sam an sah und er sie. Was ist, wenn Sam immer noch Sophie liebt? Diese Frage stellte ich mir den restlichen Morgen immer wieder. Am

Frühstückstisch sah mich Julia nicht mal an, Granny war ruhig und Nil ließ sich seinen Toast schmecken. Ich bröckelte immer wieder von meinem Toast etwas ab. Irgendwie kam etwas Komisches in mir auf. Es wurde mir…
Nein. Nicht jetzt. So was fehlte mir gerade noch. Ein Zeitsprung. Ich schloss die Augen und öffnete sie wieder. Zu meinem Erstaunen saß ich immer noch am Tisch.
Grandma hatte es nicht gemerkt. Okay. Alle haben es nicht gemerkt. Nachdem sah ich auf die Uhr und stand auf.

„Wo willst du hin?"

„Ich bin spät dran, Granny.", log ich.
Den Teller nahm ich und räumte ihn in die Spühlmaschine. Schnell holte ich mein Zeug und schrieb Prisella eine SMS. Kurz vor halb acht war ich in der Schule. Prisella kam wenige Minuten später.

„Der Unterricht fängt doch erst um 8 Uhr an. Wieso so früh?"

„Ich hatte ein Schwindelgefühl und bin nicht gesprungen."

„Das ist eigenartig."

„Es war noch nie so."

„War es heute das erste Mal?"

„Nein. Es kam die Woche schon einmal vor."

„Irgendetwas stimmt nicht."

„Noch was. Ich hatte einen Traum über meine Eltern."

„Um was ging es?"

„Es war die Hochzeit. Mum war schwanger mit mir und Sam…"

„Was ist mit ihm?"

„Er war unglücklich. Erst verstand ich es nicht. Doch

dann schon."

„Sag schon."

„Sam liebt Sophie immer noch."

„Das ist der Grund. Aber bist du dir da sicher?"

„Ja. Zumindest bei der Hochzeit muss er sie noch geliebt haben. Warum kommt das erst jetzt alles raus, nachdem Mum jetzt in der Irrenanstalt ist?"

„Das kann ich dir auch nicht beantworten. Was hat dir deine Mum über Sam erzählt?"

„Sie sagte mir immer, wenn ich sie danach fragte, dass er sie betrogen hat. Beim letzten Mal ist sie ja ausgerastet, nachdem ich herausgefunden hatte, dass Sam mein Dad ist durchs Zeitreisen. Die Hochzeit hat sie nie erwähnt genauso wie das mit Sophie. Julia, Nil und ich wussten es nicht. Das einzige was mich stutzig macht: Ist Sam auch Nils' Vater?"

„Wenn ich richtigliege, ist Julia vier Jahre jünger wie du, das heißt du warst vier Jahre alt und Nil 8 Jahre alt als sie geboren wurden."

„Das stimmt. Granny sagte, Sam sei bis Julias Geburt bei uns gewesen."

„Du kannst dich aber nicht an ihn erinnern."

„Jeep."

„Das ist das Rätsel am Ganzen. Du bist 16 Jahre und alles kommt raus. Dies Ganze müssen wir rausfinden. Eines noch. Warum heiratet er deine Mum wenn er Sophie liebt?"

„Keine Ahnung. Vielleicht wegen mir."

„Der Grund wäre wahrscheinlich. Aber er hatte schon Beni und Sebastian als Söhne. War er mit Sophie verheiratet?“

„Das haben wir nie rausgefunden.“

„Stimmt. Wie wäre es, wenn wir Sebastian oder Beni fragen?“

„Oh ja. Ich schreibe gleich Sebastian.“, redete ich und holte meine Handy raus. Ich schrieb Sebastian sowie mein Handy verschwand wieder in der Jackentasche.

„Aber das andere haben wir auch nie raus gefunden.“

„Was denn?“

„Das mit dem Kind. Granny sagte, dass das Kind bei der Geburt gestorben sei. Doch Sophie lebt. Das mit dem Findelkind kann vielleicht gar nicht stimmen.“

„Es sei denn, jemand hat die Kinder vertauscht.“

„Das wäre auch möglich. Aber wir haben vieles über Sophie auch über die Canberras nicht raus gefunden. Auch das Lady Church meine Vorfahrin ist.“

„Ja. Das hat uns erst deine Granny gesagt. Viele Dinge über die Canberras haben wir nicht rausgefunden. Wie viele Geheimnisse habt ihr noch?“

„Wäre Grandpa noch hier könnte ich dir diese Frage beantworten.“

„Liebt eigentlich Sophie noch Sam?“

„Wahrscheinlich. So wie sie seinen Namen aussprach. Moment. Als ich doch mit ihr spazieren war im Park, wo sie sich noch an nichts erinnern konnte, da sind doch an dem Lindenbaum 3 Herzen ein geritzt. Das eine hatte S+S 1989. Auf dieses hat sie die ganze Zeit geblickt. Da war auch noch dieser Mann, der doch Sophie kannte und mit dem hatte sie doch ein Date. Hab ich dir das nicht erzählt.“

29

Prisella sah mich mit großen Augen an: „Nein. Sowie du
das mit Lucas nicht erzählt hast."
„Oh. Und das ich mit Beni gesprochen habe."
„Nein. Hab dir auch was nicht erzählt. Meine Mum ist
die beste Freundin von Sophie und mein Dad von Sam."
„Dann sind wir jetzt quitt. Wie heißt dein Mum?"
„Katie. Wann musst du zu Sam?"
„Sobald er aus Amerika zurück ist."
„Willst du ihn wirklich kennen lernen? Sei ehrlich."
„Naja. Eigentlich schon. Auch wenn es mir schwerfällt.
Um das Rätsel zu lösen ja. Wegen den blauen Flecken die
ich von meiner Mum bekommen habe. Dann eher nein."
„ Kann ich verstehen. Es ist hart für dich."
„Nicht nur für mich."
„Auch für Julia und Nil natürlich."
„Apropos. Julia spinnt auf mich."
„Lass mich raten. Weil du nicht mehr Zeitreist."
Ich nickte. Irgendwie fühle ich mich in einer schwierigen
Situation. Erst das mit Mum, dann das mit Dad und jetzt
Julia. Nur wegen dem blödem Zeitreisen. Es macht einfach
alles kaputt und ruiniert die Zukunft. Ich sah auf den
Parkplatz. Auf dem Parkplatz stand Lucas. Prisella stupste
ich an.
„Könnten wir ins Klassenzimmer?"
„Klar."
Wir liefen hinein und ich hoffte, dass es der Musiklehrer
nicht merkte.

Kapitel 3
Eine interessante Info

Das Wochenende ging schnell vorbei. Am Montag erfuhr ich von Granny, dass Sam am Dienstag aus Amerika zurück ist. Ich fragte mich, woher sie das weiß. Natürlich von seiner Haushälterin. Nun ist es vorbei bei Granny zu wohnen. Wieso jetzt alles so schnell geht? Ich versteh es um ehrlich zu sein nicht. Eigentlich sollte es anderes sein. Egal. Es ist so. Nil freut sich schon. Julia weiß ich nicht. Sie redet ja nicht mit mir. Ich will Granny nicht alleine lassen, denn ich kann sie schlecht zu Granddaddy schicken. Vielleicht sieht sie ihn in ihren Vorstellungen. Dies hatte Grandma schon lange nicht mehr. Etwas ist komisch. Auch keine Vision. Ich runzelte die Stirn und lief im Gang der Schule weiter. Prisella und Pia machen Vorbereitungen für den Vortrag in Chemie. Mrs Turner, ist Vertretung für Mrs Schulz, hat die zwei für das ausgesucht. Ich war darüber froh. Nun muss ich mich auf das Treffen mit Sam konzentrieren. Wie wird er auf Julia, Nil und mich regieren? Diese Frage beschäftigte mich seit dem Wochenende. Irgendwie ist es vertraut und doch fremd.

„Hey! Was?", rief ich, denn jemand zog mich am Arm zurück.

So wurde ich aus meinen Gedanken gerissen.

„Wir müssen reden.", sprach Lucas oder Mr. Matterl.

„Wozu?", fragte ich stirnrunzelnd und sah auf den Boden.

„Romana, du fragst wozu. Denk mal nach was passiert ist."

Wieso sollte ich auch überhaupt das tun. Ich weiß auch warum. Weil ich ihn ignoriert habe und ihm aus den Weg ging. Er ist mir egal.

„Ich habe wirklich schlimmere Dinge zu tun, als mich mit dir rum zu plagen.", entgegnete ich ihm.
Er fühlte sich anscheinend angegriffen.

„Du bist unbelehrbar."

„So wie du.", entfuhr es mir.
Ich war schon genug sauer auf ihn. Jetzt mich mit Mr. Matterl auch noch zu nerven.

„Warum willst du nicht einmal zuhören?"

„Erklär mir einen Grund, warum ich sollte."

„Weil du aussiehst wie diese Frau und das Mädchen, dass ich damals traf. Tina hieß sie."

„Wieso erzählst du mir das?

„Vielleicht hilft es dir. Weil du auch etwas kannst wie Tina. Mich wundert es ziemlich, dass ihr euch ähnlich seht."

„Du sagtest, sie verschwand."

„Sie kam durch einen Unfall ums Leben, aber irgendwie auch nicht, weil diese Frau mit der du mich gesehen hast, muss Tina sein."

„Ok. Was willst du von mir?"

„Das du mir das raus findest, ob Tina noch lebt.
 Außerdem das könnte dich interessieren. Damals hatte ich das Gefühl, dass Tina Miss Bauers Augen habe."

„Die Augen meiner Tante."

„Wie deine Tante?"

„Das hab ich auch erst raus gefunden, dass Miss Bauer meine Tante ist. Da sie bei uns war, weil sie sich an nichts erinnern konnte. Im übrigen kennst du einen Sam."

„Ja, er war der Freund von Miss Bauer."

„Unglücklicher weise mein Dad."

„Oh. Aber du bist doch die Tochter von Caroline."

„Ja."

„Ich kann mir nicht vorstellen, dass Sam mit Caroline im Bett war. Die hatte doch einen Freund zu dieser Zeit."

„Sagtest du gerade Freund?"

Mr Matterl nickte.

„Also Sam ist gar nicht mein Dad."

„Ich denke schon. Aber du siehst aus, wie Tina und du hast auch die Augen von Miss Bauer. Bei Julia und Nil sieht man, dass Caroline die Mutter ist."

„Es muss nicht unbedingt Miss Bauer sein. Wann hatte Tina diesen Unfall?

„Paar Tage nach der Abschlussfeier."

„Komisch. Miss Bauer ging doch auch."

„Ja an der Abschlussfeier verließ sie die Schule und ging in Mutterschutz. Da ist noch was. Caroline war sehr eifersüchtig auf Miss Bauer aber auch auf Tina."

„Wieso auf Tina?", fragte ich und runzelte die Stirn.

„Wegen den Augen."

„Mum hat geglaubt, dass Miss Bauer Tinas Mum ist."

„Vielleicht. Sie haben viel gestritten."

„Woher kannte Mum Tina?"

„Tina war oft bei deinem Grandpa wegen dieser Fähigkeit, die ihr habt."

„Ach so. Warte mal. Tina konnte es auch. Wer war dann Tinas Mum?"

„Hillary. Eine Freundin von Miss Bauer.“

„Ich dachte, Katie ist die Freundin von Miss Bauer.“

„Die sind alle drei immer zusammen gehockt.“
Jetzt kapierte ich, dass wir zu wenig über Sophie heraus gefunden hatten. Plötzlich bekam ich ein Schwindelgefühl.

„Romana alles in Ordnung?“

„Ich muss los.“

„Ja geh bevor sich noch jemand sorgen macht.“
Schnell rannte ich los. Alles um mich fing sich an zu drehen und es verschwamm alles vor meinen Dingen. Anscheinend stolperte ich, denn ich machte eine Bauchlandung auf etwas Hartes.

„Autsch!“
Dies brachte ich aus mir noch raus. Nach einigen Sekunden blickte ich auf. Vor mir stand…. Das darf nicht wahr sein. Meine Vorfahrin Lady Church, wie es mir Granny erzählt hatte. Sie half mir auf die Beine.

„Guten Tag, Lady Tiger. Wie sind sie…“

Sie deutete mir mit ihren Händen. Ich war vor ihr aufgetaucht. Eine Katastrophe. Ich muss ihr wohl oder übel die Wahrheit sagen. Kurz holte ich tief Luft.

„Lady Church. Guten Tag! Ich muss Ihnen etwas sagen.“

„Wollen wir uns setzten?“

„Ja, gern.“

Lady Church und ich setzten uns auf die Stühle um den Tisch.

„Tee?“

„Gern.“

Sie goss mir Tee in die Tasse.

„Was wollen Sie mir erzählen?"

„Mein wirklicher Name ist Romana Canberra. Ich bin Ihr Urururenkelin ihrer Enkelin."

Sie sah mich verblüfft an. Erst wusste Lady Church nicht was sie sagen soll, doch dann sprach sie: „Also bist du aus der Zukunft. Ich konnte mir gar nicht vorstellen, dass ich Enkel haben werde. Von welchen meiner Kinder?"

„Von ihrem erst- geborenen Sohn." Granny hatte es mir erzählt, wie das alles so lief.

„Von Ludwig?"

„Ja."

„Erzähl mir weiter."

„Wir brauchen eine Feder und ein Blatt Papier."

Lady Church gab mir Feder und Papier.

„Nun." Ich fing an die Namen aufs Blatt zu schreiben. „Lord Ludwig und Lady Isolde heiraten und bekommen 6 Kinder. Der erstgeborene Sohn, wird das zweite Kind sein. Er heißt Lord Richard und heiratet Maria Jane. Ihr Sohn Leopold nimmt Lady Theresia zur Frau."

„Sehr viele Enkel und Urenkel. Es geht bestimmt weiter."

Ich nickte und schrieb weiter.

„Die beiden haben 3 Kinder, aber denen wird das Lord und Lady weggenommen."

„Das ist grauenvoll. Wie geht es weiter."

„George heiratet Lisa. Sie haben ein Kind das Charlotte heißt. Charlotte nimmt Fritz Canberra zum Mann. Meine

Tante Sophie und meine Mum Caroline gebärt sie. Caroline gebärt Julia, Nil und mich. Ich bin die älteste. Sophie bringt Benjamin und Sebastian zur Welt."

„Wer ist der Mann?"

„Zufälliger weise ist Sam der Vater von Benjamin, Sebastian und mir." Julia wollte ich nicht erwähnen, denn es ist ja nicht sicher, ob er auch ihr Vater ist.

„Das ist doch unerhört."

„Lady Church in der Zukunft normal."

„Welches Jahr habt ihr?"

„2014."

„Oh. Sehr viele Jahre weiter. Ist denn Fritz Canberra nicht dagegen gewesen?"

„Naja. Er hat sich nicht in jede Angelegenheit eingemischt, aber er ist gestorben."

Wahrscheinlich hörte sie aus meiner Stimme, dass es traurig ist, denn sie sprach: „Das tut mir leid. Ist dir bestimmt schwergefallen, von ihm Abschied zu nehmen."

„Ja das war es."

„Was ist mit Sam…"

„Wir wissen seinen Nachnamen nicht. Morgen also bei mir ist Mittwoch werden wir ihn sehen." „Das sind doch gute Nachrichten. Ich habe auch noch eine. Leopold Porre und Miss Mary Jane werden heiraten und wollen Sie einladen. Aber sie konnten Sie nirgends finden."

Miss Mary Jane hatte ich bei der Soirre kennen gelernt. Die mich leider mit ihrem Liebesleben voll quatschte und ich verhalf ihr zu ihrem Leopold. Es bleibt mir wohl nichts erspart, obwohl eine Hochzeit im 18. Jahrhundert wäre toll. Darüber freut sich sicherlich Prisella, nachdem letzten Mal mit dem Punsch.

„Wenn sie mir die Einladung geben wollen, können sie die Einladung Ihnen geben. Wahrscheinlich werde ich jetzt öfters zu Ihnen Zeitreisen."

„Sagten Sie gerade Zeitreisen."

„Ja."

„Erzählen Sie darüber."

Ich sah Lady Church mit großen Augen an. Diese Frau ist so neugierig.

„Das Zeitreisegen wurde von meinem Grandpa in die Familie gebracht."

„So bist du das Enkel. Ist das immer so?"

„Nein. Es wird alle 16 Jahre weitergeben. Wer zwischen mir und meinem Grandpa ist weiß ich nicht. Dieses Gen ist sehr kompliziert, denn es gibt kontrolliertes und unkontrolliertes springen."

„Ist dieser Sprung kontrolliert?"

Was Lady Church alles wissen will. Hatte wahrscheinlich noch nie ein Zeitreise Enkel.

„Nein. Wenn er kontrolliert wäre hätte ich einen Ring mit einem rosa Stein."

Ich zeigte ihr meine Hände.

„Der Ring fehlt. Das letzte Mal steckte er auf dem Finger. Wieso tragen Sie ihn nicht?"

„Ist eine sehr lange Geschichte."

Sie sah mir es von der Mimik an, dass es traurig ist.

„Sie müssen es nicht erzählen. Hat jeder einen anderen Stein?"

Oje, dies kann ich nicht beantworten. Ich hatte bei meinen Besuchen mit Grandpa nie einen Ring gesehen. Aber auf die Idee bin noch nicht gekommen.

„Das weiß ich leider auch nicht."

„Wie funktioniert so ein Zeitsprung?"

Nun bekam ich ein Schwindelgefühl. Gleich wird alles vor meinen Augen verschwimmen. Ich ließ die Feder fallen und gab zur Antwort.

„Man bekommt ein Schwindelgefühl sowie ich jetzt eins habe. Ich werde gleich zurückspringen."

„Sie wollen schon gehen. Es war höchst interessant."

„Sagen Sie Miss Mary Jane, dass sie mich bei Ihnen findet."

„Werde es ausrichten lassen."

Es wurde der Raum schon unscharf. „Welches Jahr habt ihr?"

„1770."

Hörte ich Lady Church noch ganz schwach. Danach löste ich mich in Luft auf.

Kapitel 4
Bei Dad

„Was ist denn…", fing ich an. Als ich dann realiserte wo ich gelandet war.

„Hallo Romana."

Ich drehte mich um. Na ganz toll. Ich bin vor meiner Tante Sophie gelandet. Was macht sie hier eigentlich in der Schule? Nun sah ich mich um. Ich bin tatsächlich vor der Haustür gelandet. Jetzt checkte ich auch, warum Sophie vor mir stand. Heute ist ja Montag. Was macht sie hier?

„Sophie…"

„Romy ist etwas nicht in Ordnung?", fragte Sophie besorgt. Es ist so einiges nicht in Ordnung. Erstens, dass Lucas erzählt mir etwas sehr Interessantes über dich und habe einen Zeitsprung. Zweitens bin ich direkt vor Lady Church gelandet und drittens das Treffen mit Dad. Alles ist nicht gut. Wieso ist Sophie eigentlich schon hier? Sonst kommt sie doch erst um 3 Uhr.

„Huhu. Ist wirklich alles in Ordnung?"

„Nein, aber es ist mein Ding. Nur mich geht es etwas an."

„Ist es so schlimm?"

Ich nickte und Sophie runzelte die Stirn, aber löste es dann wieder.

„Willst du es mir nicht erzählen?"

„Nein. Was heißt nicht hier. Am besten in meinem Zimmer. Nicht das sich Granny noch Sorgen macht."

„Gut."

Wir liefen ins Haus. Granny begrüßte uns. Danach waren
wir schon in meinem Zimmer verschwunden. Ich stellte
meinen Rucksack ab und ließ mich aufs Bett plumpsen. Sophie dagegen setzte sich auf den Stuhl am Schreibtisch.

„Nun erzähl. Was ist passiert?"

„Also. Es war am Ende. Ich ging durch den Schulgang
und war in meinen Gedanken versunken, als sich Lu…
Mr Matterl aus meinen Gedanken riss. Er wollte mit mir
reden. Also redete ich mit ihm und bekam heraus
warum er mich verwechselt hatte mit einen anderen
Mädchen. Dabei wurde mir schwindlig und puff boom
bang landete ich im 18.Jahrhundert."

„Hat dich Mr. Matterl verletzt oder so?"

„Nein. Ja. Es ist alles so kompliziert."

„Handelt es sich um den Jungen, den du…"

„Ja. Es ist derselbe."

„Ich weiß wer er ist. Ich habe ihn selbst unterrichtet."
Toll. Woher weiß sie das ganze? Fragezeichen bei mir. Dafür weiß ich etwas mehr über dich.

„Ihn kenne ihn zu gut. Er hatte auch immer im Park auf
seine Freundin gewartet, dabei hat er mich immer mit
Sam gesehen."
Oh. Wie sie Sam schon wieder aussprach. Langsam nervt
es mich.

„Auch unter der Linde?"

„Ja."
Mir wurde etwas klar ich habe mich auch immer mit ihm
im Park getroffen und auch unter der Linde. Wahrscheinlich auch mit Tina. Was hat es auf sich mit Sam und ihr?

Schwärmend kam sein Name. Vorallendingen was hat es
mit mir zu tun? Unüberlegt fragte ich sie:
    „Liebst du Sam noch?"
Sophie verzog das Gesicht.
    „Wieso willst du das wissen?"
    „Ich weiß es nicht. Gib mir bitte eine ehrliche Antwort."
    Sie blieb still.
    „Normalerweise erzähle ich alles Prisella. Ich hab dir
    jetzt auch das erzählt. Bitte!"
Sophie sagte immer noch nichts.
    „Dann beantworte mir bitte diese Frage. Ist die
     Hochzeit wahr oder gelogen?"
Meine Tante sah auf den Boden. Jetzt hielt ich es nicht
mehr aus und sprach:
    „ Sam hatte dich damit verletzt?"
    Sophie nickte: „Sehr sogar."
Mehr oder minder hab ich gerade die Wahrheit ausgespro-
chen. Alle sagen dasselbe nur von einem weiß ich es nicht.
Von Sam. Irgendwie benimmt sich Sophie komisch. Sie
und Sam hatten doch einen Streit bevor…
    „Ihr hattet doch gestritten, bevor er meine Mum
    geheiratet hatte."
Nun wurde sie energisch.
    „Hör auf mit dem ich will nichts mehr davon wissen.",
fuhr meine Tante mich an.
Ich wurde still und war wütend ihr überhaupt etwas erzählt zu haben. Meine Lippen kniff ich zusammen öffnete
sie wieder.
    „Warum verheimlicht ihr mir alles? Ich sag euch doch
    auch alles, wenn ich was ahne oder weiß. Nun will ich,

dass du raus gehst!"

Sophie stand auf und wollte zur Tür, als diese aufging und Nil reinkam.

„Das Essen ist fertig.", sprach er immer wieder und drehte sich dabei im Kreis. Nil ist anscheinend heute der einzige, der sich freut. Ich stand auf und strich Nil durchs Haar.

„Schon gut. Wir kommen."

Nicht mal Sophie sah ich dabei an. Wir verließen alle drei mein Zimmer.

Am Tisch in der Küche war alles gerichtet. Alle waren ruhig und aßen ihren Kuchenstück, während ich nur herum stocherte mir der Gabel. Nach zehn Minuten fing Granny an zu reden.

„Morgen werde ich euch zu Sam begleiten, aber den Rest müsst ihr selber machen. Romana du trägst die Verantwortung. Ich übergebe sie dir."

Das war ja klar nachdem ich die älteste bin.

„Die werde ich übernehmen."

„Du musst noch dein Zeug packen."

Oh je. Das sollte ich noch machen. Es war mir auf einmal richtig komisch.

„Granny, mir geht es irgendwie nicht gut."

Granny machte ein besorgtes Gesicht.

Sophie sprach neckisch: „Es ist sicherlich wegen Lucas."

Bei dieser Ansage wurde es mir zu viel. Ich stand auf und rief: „Ich hör auf. Außerdem kannst du mir mal erklären, woher du Katie kennst? "

„Das ist meine beste Freundin."

„Zufälliger weise Prisellas Mum. Und wer ist Hillary?"

„Auch meine Freundin."

„Ach ja und wer ist Tinas Mum?"

„Hillary."

„Nein. Du. Und du erzählst mir jetzt mal was zwischen dir und Sam wirklich ist?

„Sag wird das jetzt ein verhör."

„Ja, weil ihr Nil, Julia, Sebastian, Beni und mir nicht mal die Wahrheit sagt. Wie wäre es, wenn ihr von Anfang an uns dies alles gesagt hättet. Dann wäre vielleicht dein Unfall nicht passiert. Außerdem wer ist meine Mum?"

„Kannst du jetzt damit aufhören. Außerdem ist Hillary Tinas Mum. Ich weiß von dem ganzen gar nichts. Und du bist…"

 Sophie unterbrach ihren Satz und fing fast an zu heulen. Etwas stimmte nicht. Sophie weiß nichts davon, dass Tina ihre Tochter ist. Ich muss gerade Sophie ziemlich angegriffen haben.

„Das wusste ich nicht tut mir leid. Julia und Nil würdet ihr uns drei alleine lassen. Ich muss mit Sophie und Granny sprechen."

Julia und Nil sahen Granny an. Granny nickte. Die beiden standen auf und verließen die Küche. Sophie wischte sich die Tränen weg.

„Es tut mir wirklich leid. Ich wollte dich nicht so hart treffen."

„Schon gut. Kann dich verstehen. Das mit Tina weiß ich wirklich nicht."

„Woher weißt du das eigentlich?"

43

„Lucas hat mir doch schon erzählt, dass ich aussehe wie Tina. Heute hat er mich über einiges aufgeklärt. Mum war sogar eifersüchtig auf Tina."

„Mich hat es auch schon gewundert, dass du Tina ähnlich siehst."

„Tina hatte auch einen Unfall kurz nachdem du weg warst."

„Davon weiß ich gar nichts. Mum du?" Wir beide sahen Granny an.

„Ich wusste davon."

„ Granny, was weißt du über Tina?"

„Nicht viel. Eine weiß hier mehr über Tinas Herkunft."

„Hillary."

„Genau."

„Dann werde ich ihr mal auf den Zahn füllen."

„Gut. Brauchst du mich noch?"

„Nein, Granny."

„Gut. Dann kann ich jetzt meine Sendung angucken.", sprach Granny und maschierte aus der Küche.

„Sophie im übrigen, Lucas sagte, dass Mum einen Freund hatte zu dieser Zeit."

„Caroline hatte keinen Freund."

„Eben doch. Drum kann Sam dich nicht betrogen haben."

„Woher weißt du, dass schon wieder?"

„Weil Nil nicht von Sam ist. Außerdem hatte Mum viele Affären."

„Bist du dir sicher?"

„Ja."

„Ich glaube dir, da Sam mir damals bei dem Streit
nämlich gesagt hatte, dass er nichts mit ihr hatte.
Damals war ich dumm.", redete Sophie und fing an zu
weinen. Ich nahm sie in den Arm.

„Nein, dass warst du nicht. Du hast Mum geglaubt
anstatt ihm. Aber du wusstest von vielen Dingen nichts
genau wie ich. Ist alles wieder gut zwischen uns?"
„Ja."

„Gut. Dann geh ich meine Sachen packen."
Sophie nickte. Ich verließ die Küche. Auf der Treppe geschah etwas merkwürdiges. Mein Kopf fing an weh zu
tun. Nachdem drehte sich alles um mich. Ich griff mit den
Händen an meinen Kopf. Vor mir sah ich eine Straße. Am
Weg lief ein junges Mädchen. Momentmal. Das bin ja ich.
Sie lief zum Zebrastreifen. Als sie darüber ging, kam ra-
send schnell ein Auto. Nein. Bitte nicht. Das Auto überfuhr
mich. Auf einmal hörte ich eine Stimme und das Bild verschwand.

„Romy, du machst einen Stau auf der Treppe."
Es war Nil. Der war doch gerade noch woanders. Die Welt
versteh ich nicht mehr.

„War ich lang weg?", fragte ich vorsichtig Nil.

„Nö. Du hast hier gestanden und nein die ganze Zeit
gesagt."
Das ist seltsam. Irgendwas stimmt nicht. Kein Zeitsprung.
Was war es dann? Ich schüttelte den Kopf. Nil musste dabei grinsen.

„Wieso ist alles so merkwürdig? Warum grinst du?"

„Dies frage ich mich. Wieso du so merkwürdig bist?"

Ich sah ihn fragend an und zog dabei eine Augenbraue
hoch.

„Naja. Am Freitag gingst du schon nachdem Frühstück
zur Schule, obwohl du dir normal Zeit lässt. Dann am
Wochenende beim Einkaufen bist Mr Matterl aus dem
Weg gegangen. Und jetzt hast du deine Nerven
verloren."

Ausgerechnet Nil fiel das auf. Was weiß er oder was nicht?

„Du hast das bemerkt."

„Ja. Ist es wegen dem Treffen morgen? Bist du nervös?"

„Nil, ich denke jeder von uns drei ist nervös. Wegen
dem Treffen morgen habe ich schon seit einigen Tagen
bange."

„Dass du etwas falsch machen könntest. Romy glaub
mir, du schaffst das."

„Wirklich?"

„Ja. Du bringst die Familie wieder zusammen.
Vorallendingen Sophie und Dad. Freu dich auf morgen
und mach dir keine Sorgen.", flüsterte mir Nil.

„Sag mal hast du und belauscht?"

„Nö, aber Sophie und Dad…"

„Ich weiß. Man ich sollte jetzt packen."

„ Du siehst etwas blass aus. Leg dich hin. Du musst
dich ernsthaft ausruhen. Danach kannst du Koffer
packen."

Ich lächelte. Das bin ich gar nicht von ihm gewohnt. Nil
nahm mich bei der Hand und führte mich in mein Zimmer.

Das Taxi fuhr vor das Haus von Sam. Granny begleite Nil, Julia und mich bis hier her.

„Was wirst du tun?", fragte ich Granny.

„Mach dir keine Sorgen. Geht einfach."

„Schaffst du es allein?"

Nun fragte ich noch besorgter.

„Ja mein Kind. Geht hin."

„Mem. Könnten wir dann fahren?", fragte der Taxifahrer.

„Selbstverständlich. Also geht jetzt. Bye."

Sie gab jedem einen Abschiedskuss auf die Stirn. Ich sah Granny traurig an.

„Wird sie es wirklich schaffen?", fragte ich mich, als Granny ins Taxi einstieg und es davon fuhr.

Wir können leider nicht mehr zurück. Mit Prisella und Pia hatte ich heute schon stundenlang darüber geredet.

„Hey du schaffst das. Es ist nur dein Dad.", baute mich Pia auf.

„Komm schon. Du gehst hin als hättest du ihn immer schon gekannt."

Prisella versucht es auch.

„Wirklich. Für mich ist es schon schlimm genug nicht mehr bei Granny zu leben."

„Das ist jetzt bestimmt hart für dich, aber da musst du jetzt durch."

„Pia es ist nicht das. Meine Grandma wird alleine nicht klar kommen, denn sie sieht Grandpa und hat Visionen. Sie wird sich allein fühlen sowie nach Grandpas Tod."

„Wegen dem?"

„Ja, Prisella. Es wird bestimmt so sein."

„Aber deine Tante kommt doch jeden Dienstag.", fiel
Pia ein.

„Nur nicht zu oft. Ich habe ein ungutes Gefühl."

„Weißt du was? Bring das hinter dich und wir schauen
nach deiner Granny."

Prisella konnte gut reden, denn noch habe ich dieses un-
gute Gefühl. Doch jetzt gab es kein Zurück mehr. Bei der
Klingel stand Sam Anderson drauf. Erst zögerte ich, doch
dann klingelte ich doch. Wir mussten ein paar Minuten
warten bis jemand die Tür aufmachte. Während dem Warten sah ich das Haus an. Ein schönes Haus ist es schon. Die
blaue Haustür passte irgendwie sehr gut zum Stil des
Hauses. Nun wollte ich wissen wie das hübsche Häuschen
von innen aussieht. Eine schlanke, braunhaarige Frau
machte die Tür auf.

„Wer seid ihr?", fragte die zarte Frauenstimme.

„Ich bin Romana Canberra und das meine Geschwister
Julia und Nil Canberra. Wir wollen zu Sam Anderson.
Wer sind Sie?"

„Ich bin Nina Bill und Sams Haushälterin. Kommt rein.
Ihr werdet schon erwartet."

Ich konnte mir schon denken, dass es seine Haushälterin
ist. Dies erstaunte mich aber, dass Sam uns schon erwartet. Den Grund werden wir sicherlich schon erfahren. Wir
drei liefen ins Haus. Im Haus gab es einen coolen langen
Flur, der mit einer tollen Garderobe ausgestattet war. Mrs
Bill führte uns ins Wohnzimmer. Das Wohnzimmer war
sehr groß und hatte ein cooles, grünes Sofa. Sam hat Ge-
schmack. Dafür, dass Sam allein hier wohnt ist das Haus
sehr groß. Meiner Meinung nach. Am Fenster stand ein

großgewachsener Mann mit blondem leicht gräulichem Haar und blauen Augen. Mich wundert es nicht, dass ich blonde Haare habe, obwohl alle Canberras haben blonde Haare außer ein paar Ausnahmen durch Färben wie Mum etc. Aber Sebastian, Benjamin sowie Nil hatten keine blonden Haare. Selbst Grandpa hatte blonde Haare, die durch das Alter dann weiß, wurden. Sam hatte sich ein klein wenig verändert, als ich ihn das erste Mal sah bei einer meiner Zeitreisen. Jetzt kam mir Sam bekannt vor. Er war der Mann, der mit Sophie ein Date hatte als sie sich an nichts erinnern konnte.

Mrs Bill sprach: „Sam, sie sind da."

„Danke, Nina. Du kannst jetzt dich deiner Arbeit zu wenden."

Mrs Bill verschwand aus dem Wohnzimmer.

„Guten Tag!", rief ich. Sam musterte Julia, Nil und dann mich.

„Dann bist du also Romana?"

„Ja. Es reicht, wenn du Romy sagst."

„Dann sind das…"

„Julia und Nil."

„Darf ich fragen, wie alt ihr seid?"

„Ich bin 8.", gab Nil zur Antwort.

Sam sah Julia.

„12.", gab Julia schüchtern drauf. So schüchtern ist normal Julia gar nicht.

„Bei mir wirst du es wahrscheinlich schon wissen."

„Du bist 16. Das war klar. Ihr seid jeweils 4 Jahre auseinander."

„Das ist Zufall."

„Kann es sein, dass ich dich schon mal gesehen habe?"

„Ja, als Sophie und ich im Park spazieren waren und du hattest mit ihr ein Date. ", gab ich zur Antwort.

„Stimmt. Da hab ich dich gesehen. Wollt ihr etwas trinken?", fragte Sam.

„Ja.", gab Julia zu Antwort.

„Ich werde Nina rufen. Nina!"

„Ja."

Mrs Bill kam angerannt.

„Bringst du den dreien etwas zum Trinken?"

„Ja."

„Und nimm Julia und Nil mit und zeig ihnen das Haus."

„Mach ich doch."

„Cool", sprach Nil.

Wieso muss ich hierbleiben? Mrs Bill nahm Julia und Nil mit. Sam wartete bis Mrs Bill, Julia und Nil nicht mehr zu hören waren, dann fragte er:

„Was hat dir Caroline über mich erzählt?"

„Wenn du die Wahrheit wissen willst gar nichts, ob wohl ich sie immer wieder fragte wer mein Dad ist. Vor einigen Wochen rastete sie aus, als ich sie wieder mal danach fragte. Sie schrie mich an und sagte Sophie hat dir es erzählt."

„Sophie war bei euch."

„Ja. Sebastian hatte mich gebeten ihr zu helfen nachdem Sophie ihre Erinnerungen verloren hatte. Sophie lebte bei uns. Bis sie ihre Erinnerungen wieder bekam. Ich habe durch…"

„Durch was?"

Soll ich es ihm erzählen. Nein. Doch.

„Es fing Ende September an. Ich bekam Schwindelgefühle. Keiner wusste, wo es her kam. Bis ich dann irgendwann während der Unterrichtszeit auf dem WC gesprungen bin ins 18.Jahrhundert.“

„Du hast das Gen geerbt von dem mir Fritz erzählte.“

„Grandpa?“

„Ja. Jetzt ist klar, woher du weißt, dass ich dein Vater bin und was geschehen ist nachdem du…“

„Aber nicht alles. Das mit der Hochzeit erfuhr ich von Granny nachdem ich aus dem Krankenhaus kam. Nicht nur Granny. Sogar Sophie. Eine Frage hab ich. Ist es wahr mit der Hochzeit?“

„Ja. Aber ich heiratete nicht aus Liebe sondern…“

„Wegen mir?“

Sam nickte.

„Du hast die Augen von Sophie.“

„Du bist nicht der einzige der mir das schon sagt. Lucas war es.“

„Wie Lucas?“

„Also Lucas ist mein Lehrer und war mit Tina zusammen. Er hat mich mit ihr verwechselt, weil ich ihr so ähnlich sehe.“

„Oh das stimmt, dass du Tina ähnlich siehst. Du weißt also nicht alles.“

„Naja. Mum hat dich immer betrogen. Du hast Sophie nie betrogen.“ Sein Mund verwandelte sich kurz zu einem Lächeln.

„Ja.“, gab er darauf und holte tief Luft.

„Liebst du Sophie immer noch?“

Sam sah mich an.

„Was willst du alles wissen?"

„Soll ich dir etwas sagen. Diese Frage stellte ich auch
Sophie. Sie gab mir auch keine Antwort. Du musst diese
Frage nicht beantworten. Aber ich werde dir viele
 Fragen stellen, da ich sie von beiden Frauen nicht
beantwortet bekomme."

„Sie wollen dir nichts sagen. Außerdem hättest du es
früher oder später rausgefunden. Caroline ist immer
noch so stur wie damals."

„Momentmal. Wieso kann ich mich nicht an dich
erinnern, obwohl ich 4 war als du gingst?"

„Ich war fast nie zu Hause, da ich Geschäftsmann bin.
Aber Caroline hat dir nie gesagt was die Wahrheit ist.
Sie zog mit dir und Julia in die Stadt, als ich zurückkam
suchte ich euch. Charlotte durfte mir nicht sagen, wo
ihr seid. Da hat mir Fritz etwas erzählt über das
Zeitreisegen. Deswegen war mir es schon klar, dass du
eines hast."

„Heißt das Grandpa hat dir es erzählt, weil ich deine
Tochter bin?"

„Ja."

„Ist Nil also nicht dein Sohn?"

„Das stimmt."

„Wieso nimmst du Nil als deinen Sohn?"

„Weil Nil seinen Dad nicht kennt und wir noch
verheiratetet waren als Nil zur Welt kam."

„Hattest du mit Grandma und Grandpa Kontakt?"

„Ja. Ich wollte wissen, wie es dir und Julia geht. Dies
machte ich bis ihr wieder zu Charlotte zogt. Nach

Grandpas Tod. Weißt du, dass Grandpa ermordet
wurde?

„Nein. Dann wurde Tina auch ermordet."

„Ja, weil sie auch ein Gen hatte. Romy, du bist in
 Gefahr. Ich soll auf dich aufpassen."

„Das heißt wir sollen deswegen bei dir wohnen."

„Nein. Ihr werdet bei Charlotte weiter wohnen. Sonst
würde es ja auffallen, dass ich dich beschütze."

„Da hast du recht."

„Wenn du Sophie das nächste Mal siehst, sag ihr einen
Gruß von mir", flüsterte er mir zu, weil Julia und Nil
mit Mrs Bill wieder ins Wohnzimmer kamen.

Ich nickte und lächelte. Wenn da nicht noch Liebe im Spiel
ist.

„Ein tolles Haus. Ich werde doch glatt Prinzessin."
Das sind typische Julia-Sprüche.

„Julia, zu früh gefreut. Wir werden bei Granny
bleiben."

Nil und Julia konnten es nicht fassen. Sam und ich sahen
uns nur an. Er deutete mir, dass wir jetzt nach Hause
könnten. Als wir das Haus verließen, sprach Sam zu mir:

„Pass auf dich auf. Wenn du noch Fragen hast, du
kannst mich anrufen oder zu mir kommen. "

„Ok. Das werde ich."

Sam hatte uns ein Taxi gerufen, das uns zu Granny bringen soll. Ich merkte mir die Straße und Hausnummer.
Backstreet 52. Sam Anderson ist mein Dad. Eigentlich ist er
ein cooler Typ. Mich wunderts nicht, dass Mum und Sophie um ihn gestritten haben. Sophie und Sam müssen sich

53

noch lieben, auch wenn keiner von beiden mir eine Antwort auf meine Frage gibt. Dafür habe ich was raus gefunden. Wir winkten Sam und das Taxi fuhr davon.

Kapitel 5
Das Treffen

„Romy sei stolz du hast mit ihm alleine geredet."
Diese Stimme war unverkennbar von Prisella. Pia und Prisella hatte ich gerade das Treffen mit Sam erzählt.

„Du hast auch etwas heraus gefunden.", sprach Pia.

„Ich denke noch nicht alles."

Pia und Prisella sahen mich fragend an.

„Sam sagte gestern, dass ich in Gefahr sei. Aber vor wem? Wir sollen bei Granny bleiben deswegen."

„Deswegen bist du ja wieder hier."

„Nil ist also nicht der Sohn von Sam. Nur Julia und ich."

„Komisch."

„Meine Mum lässt es nicht raus. Sophie auch nicht. Granny erst recht nicht."

„Sophie wird es wahrscheinlich sowieso nicht wissen, Romy."

„Das stimmt."

„Das einzige was du tun könntest um es raus finden wäre Reisen."

„Pia mir ist nach Reisen nicht zu Mute. Außerdem …"

„Guten Morgen!", sprach Mrs Gigi.

Sie sah mich an. Ich wollte weiterreden, aber Mrs Gigi war schneller als ich.

„Romana, du siehst blass aus. Geht es dir nicht gut?"

„Wohl. Was heißt mir geht es nicht so gut. Viele schreckliche Dinge sind geschehen."

Wie bin ich jetzt auf die Idee gekommen diese Frage von
Mrs Gigi. zu beantworten.

„Das erinnert mich an jemanden anderes.“

„An wen?“, fragte ich vorsichtig nach.

„Sophie Self.“, gab Mrs Gigi zu Antwort.

Ich zuckte zusammen als ich diesen Namen hörte. Was hat
meine Tante Sophie mit Mrs Gigi zu tun.

Prisella fragte: „Woher kennen Sie Mrs Self?“

„Wir unterrichteten an derselben Schule in der Stadt.“
Nun war mir klar, woher ich Mrs Gigi kenne. Ich schüttelte den Kopf.

„Stimmt etwas nicht?“

Es stimmt so einiges nicht Mrs Gigi. Aber diese Dinge
kann nur ich ändern, dachte ich mir. Prisella merkte ,dass
ich mich ärgerte.

„Mrs Gigi es ist besser Sie fangen mit dem Unterricht
an.“

Die Geschichtelehrerin nickte. Ich konnte nur hoffen, dass
der Tag so schnell wie möglich vorbei geht.

„Du musst Sam noch einmal treffen.“, sprach Prisella.

„Um rauszufinden vor wem du in Gefahr bist.“
Ich blies mir eine blonde Strähne aus dem Gesicht.

„Es ist wirklich wichtig.“
Pia gab mir dies zu verstehen. Dass ich in Gefahr bin,
wurmt mich am meisten.

„Ich weiß es selbst. Danke! Ihr seid wirklich die besten
Freundinnen, die man haben kann.“
Im Gang kam Violetta mit Diana direkt auf uns zu. Wir
standen an den Spinden.

„Schlechter Zeitpunkt, um weiter zu reden. Wir
bekommen Gesellschaft."
„Oh ne!", entfuhr es Pia.
„Nicht die."
Violetta hatte gar nicht gehört was Prisella und Pia gesagt
hatten.
„Habt ihr mich schon erwartet?", fragte sie höhnisch
und lachte mit Diana dazu. Pia, Prisella und ich sahen
uns nur gegenseitig an.
„Dürft ich bitte zu meinem Spind? Sieht aus als will sich
Romana in den Mittelpunkt stellen. Stimmt's?"
„Ja genau.", gab Diana ihr zu Antwort.
Ich stellte mich mit Absicht vor Violettas Spind und ver-
schränkte die Arme, als sie dort rüber wollte.
„Violetta was willst du?"
„Du stehst mir im Weg."
Sie wollte mich auf die Seite schieben, aber ich wehrte
mich mit meinen Worten.
„Hör auf mit den blöden Spielchen. Geh und lass uns in
Ruhe."
„Diana gehen wir."
Sie drehten sich um und marschierten davon.
„Wow!", sprach Pia.
„Am liebsten hätte ich ihr eine geklatscht."
„Prisella, das muss nicht sein. Sie plagt uns schon so
oft."
„War auch nur so."
Ich sah hinter Prisella. Hinter ihr am Gang stand Mr Mat-
terl. Er ist normalerweise donnerstags nie da. Was macht
er hier? Ein anderer Gedanke. Wir müssen so schnell wie

möglich auf den Schulhof bevor er uns sieht. Oh nein. Er schaut in unsere Richtung. Ich deute ihm das ich noch gar nichts weiß. Doch er zuckte mit den Schultern.

„Pia und Prisella gehen wir. Granny macht sich sonst sorgen."

„Gut gehen wir."

Zu Hause dachte ich nach ob ich zu Sam gehen soll. Was meinte er damit, dass ich in Gefahr sei? Ich grübelte. Ich stand auf vom Stuhl auf und lief zum Kasten, wo mein Ring drin ist. Daraus holte ich das Kästchen. Soll ich oder nicht? Eigentlich will ich nicht mehr, aber etwas stimmt nicht. Ich nahm den Ring raus und steckte ihn an meinen linken Ringfinger. Da vibrierte mein Handy. Ich sah auf mein Handy. Eine Nachricht von Sebastian.

Sorry dass ich mich jetzt erst melde. Ich hatte viel zu tun und Beni wird Vater. Nein, wusste von der Hochzeit nichts. Nur das Mum und Dad etwas nochmal miteinander hatten. Die beiden müssen sich noch lieben. Wie siehst du das? Wollen wir uns mal treffen?

Super ich werde Tante. Sophie hat gar nichts davon erzählt. Ich schrieb ihm zurück.

Schon gut. Das heißt wirklich sie müssen sich noch lieben. Freu mich für Beni. Ja können wir am Wochenende hab ich Zeit. Wir müssen aufpassen, da ich in Gefahr bin.

Diese Nachricht schickte ich ihm und legte das Handy
weg. Dann drückte ich auf den Ring.

„Romana, wie lautet dein Passwort?“

„Durch Raum und Zeit zu reisen ist nicht schwer, denn
durch das Zeitreisen ist die Macht gegeben.“

Ich verschwand mit einem rosanem Strahl. Nachdem ich
gelandet war, stand ich im Flur. Unwillig sah ich auf den
Kalender. „2011“ Das geht doch nicht, dass ich schon in
ein Jahr reise, wo ich schon lebe. Rätselhaft. Ich lief ein
Stück und kam an Grandpas Arbeitszimmer vorbei. Blieb
ich stehen, aber versteckt da ich Stimmen hörte. Im Arbeitszimmer befanden sich Grandpa und ein Mann. Der
Mann hatte schwarze Haare war groß gewachsen und
hatte einen Anzug an. Ich ging einen Schritt zurück und
hörte was sie sprachen.

„Wie stehts Mr Canberra mit dem Geschäft?“

„Ich habe Ihnen gesagt ich brauche noch Bedenkzeit.“

„Sie hatten genug Zeit. Was ist Ihre Antwort?“

„Ich habe keine Antwort und ich verkaufe meine Pläne
nicht.“

Ich sah, dass sich Grandpa zum Fenster drehte, während
der Mann ein blaues Fläschchen mit einer braunen Flüssigkeit in den Tee schüttete. Ich wollte zwar Granddaddy
warnen, aber tat es nicht, da ich mich sonst verraten hätte.
Fritz Canberra wendete sich wieder zu dem Mann.

„Bevor ich Ihnen eine Antwort gebe, wollen Sie eine
Tasse Tee?“

„Gern.“

Er goss dem Fremden sowie ihm Tee in die Tasse. Grandpa nahm einen Schluck. Nach ein paar Minuten bekam Grandpa einen Hustenanfall.

„Und wie steht`s Mr Canberra?", fragte der Fremde. Grandpa bekam keine Luft mehr und sank zu Boden. Der Fremde lachte.

„Nun ist der Zeitreisende ausgelöscht. Das nächste Opfer ist ihre Enkelin."

Es stockte mir der Atem. Schnell versteckte ich mich hinter der Kommode, die dort stand. Der Fremde verschwand aus dem Arbeitszimmer. Er sah sich noch einmal um dann verschwand er ganz. Einen Augenblick wartete ich noch und lief ins Arbeitszimmer, wo Grandpa lag.

„Grand Daddy!- Grandpa. Nein bitte nicht."

Mir rollte eine Träne über die Wange. Wo ist Granny? Ich stand auf. Mein Blick fiel auf die Tasse und roch daran. Es roch nach Gift. Grandpa starb nicht an einem natürlichen Tod, sondern wurde ermordet. Ich suchte nach einem Behälter, wo ich die Flüssigkeit hinein tat. Ein Beweismittel. Das muss ich unbedingt Pia und Prisella zeigen. Soll ich Grandma holen? Nein. Ich drückte auf den Ring und steckte den Behälter ein.

Sofort rief ich Prisella an, als ich ankam: „Hi, was ist los?"

„Komm sofort zu mir und bring Pia mit."

„Bin schon unterwegs."

Keine 10 Minuten später brachte Granny Prisella und Pia zu mir ins Zimmer. Nachdem sie weg war fing ich an zu reden.

„Ich habe jetzt verstanden, wieso ich in Gefahr bin.“

„Okay.“, sprach Pia.

Prisella sah auf meine Hand.

„Bist du Zeit gereist?“

„Ja. Schaut euch das an.“

Ich holte den Behälter heraus.

„Das ist Tee.“, redete Pia.

„Riech mal dran.“

Prisella verstand es jetzt auch. Sie rochen beide dran.

„Das ist Gift.“

„Genau. Mein Grandpa wurde ermordet. Der fremde Mann, der es hinein tat, wird mein Mörder auch sein.“

„Das ist ein Scherz.“

„Pia. Dies ist es nicht. Romys Grandpa war auch Zeitreisender.“

„Sam muss es wissen.“

„Romy, du gehst sofort zu Sam.“

„Prisella…“

„Romy jetzt nicht kneifen. Wir begleiten dich und das…“ Sie nahm mir den Behälter aus der Hand.

„Werden wir erledigen.“

Ich nahm das was mir wichtig erschien und wir verließen mein Zimmer.

Das Taxi hielt vor dem Haus von Sam. Ich machte keine Bewegung. Prisella stupste mich an.

„Gut. Ich gehe.“, sprach ich und stieg aus dem Auto.

Bevor ich die Autotür schloss redete mit mir meine beste Freundin:

„Wir warten zu Hause bei dir und versuchen etwas

raus zu finden.“

Das Nicken von mir beendete das Ganze. Vor der Haustür holte ich tief Luft. Dann klingelte ich. Sams Haushälterin Mrs Bill machte die Tür auf.

„Romana. Guten Tag!“

„Guten Tag! Ist Sam zu Hause?“

„Ja. Ich muss dich aber anmelden.“

„Dafür ist keine Zeit. Wo ist Sam?“, sprach ich und lief an ihr vorbei.

„Im Arbeitszimmer. Das ist am Ende des 1.Stocks links.“, rief sie mir nach.

Ich stieg die Treppe hinauf, ohne meine Jacke auszuziehen. Oben sparzierte ich gerade aus. Die Tür zum Arbeitszimmer stand offen. Sam drehte sich gerade um, als ich im Türrahmen stand. Er sah mich an.

„Darf ich reinkommen?“

„Klar, Romy.“

Ich ging ins Arbeitszimmer rein.

„Was machst du hier? Solltest du nicht bei Charlotte sein?“

„Normalerweise schon, aber ich hatte einen Zeitsprung. Nachdem du gestern sagtest ich sei in Gefahr.
 Der Zeitsprung war bei Grandpa im Jahr 2011.“

„So weißt du es nun.“

„Das Grandpa ermordet wurde und das ich deswegen in Gefahr bin da ich auch Zeitreisen kann. Kennst du den Mann der Grandpa ermordet hat oder weißt du irgendwas davon?“

„Den Mann persönlich kenn ich nicht. Aber den Rest kann ich dir ja jetzt erzählen. Warte schnell!“

Sam lief aus dem Arbeitszimmer. Nach kurzer Zeit kam er
wieder und schloss die Tür hinter sich. Er legte alles auf
den Tisch. Es waren Papiere und ein Buch.

„Setz dich."

Ich setzte mich auf den Stuhl.

„Fritz hatte mir von dem Gen erzählt. Da er wusste,
dass du das Gen geerbt hast. Schließlich bist du 1998
geboren."

„Pia auch."

„Wer ist Pia?"

„Pia Lion ist das Enkel von Jane und Roger Canberra.
Wir beide sind Freundinnen."

„Zufall?"

„Nein. Wir sind beide in derselben Klasse. Woher
konnte sich Grandpa sicher sein, dass ich es habe?"

„Moment. Wenn Pia auch 1998 geboren ist dann müsste
sie bekanntlich auch eins haben. Das ist nämlich selten
das Canberras im selben Jahr geboren wurden. Fritz
hatte mir erzählt das kommt alle 100 Jahre höchstens
einmal vor. Hat sie Schwindelgefühle?"

„Soviel ich weiß nicht. Mir fällt was dazu ein. Als ich
ohne Ring in der Vergangenheit war einige Tage, haben
Prisella und Pia den Ring benutzt, um mich zurück zu
holen. Normalerweise funktioniert es nur mit einem
Gen."

„Siehst du."

„Du willst mir sagen Pia hat auch eins."

„Ja. Pia wurde wahrscheinlich vorbereitet auf das Gen
im Gegensatz zu dir. Caroline wurde nie etwas über das
Gen erzählt. Dir hat es sicherlich Fritz oder Charlotte

erzählt."

„Granny hatte mich gefragt was los sei als mir immer so schwindlig wurde. Daraufhin hat sie mir ein Kästchen gegeben, wo der Brief von Grandpa drin war und der Ring. Heißt das Pia und ich haben den gleichen Stein?"

„Das weiß ich nicht. Schau mal her. Hier ist ein Eintrag vom Jahr 1770."

„Woher hast du das?"

„Fritz gab mir das. Er wollte nicht, dass es in die Hände der Bande gerät."

„Das wollte der Fremde die ganze Zeit von Grandpa."

„Ja. Soll ich vorlesen?"

Ich nickte.

„Auf der Hochzeit von Miss Mary Jane und Leopold Porre."

„Was ist da?"

„Dort wird eine gewisse Lady Tiger ermordet. Sie hatte ein Zeitreisegen."

Mir stockte der Atem.

„Geht's dir gut?"

Ich schüttelte den Kopf.

„Soll ich das Fenster aufmachen?"

„Ja."

Sam öffnete das Fenster.

„Ich…"

„Was ist Romy?"

„Ich bin Lady Tiger."

„Romy die hast du nicht erfunden. Lady Tiger gab es wirklich. Sie wurde 1742 geboren. Das ist einer der einzigen Beweise, dass sie ermordet wurde. Von den

anderen gibt es keine Beweise. Alle Zeitreisegens wer
den ermordet. Du wirst das nächste Opfer sein."

„Ist das war, Dad?"

„Ja. Fritz wusste es."

„Weiß Granny davon?"

„Nein. Ich denke Fritz wollte nicht, dass sie sich Sorgen
macht um dich."

„Es ist irgendwie sinnlos. Wieso will eine Bande die
Zeitreisegens ausrotten?"

„Damit die Wahrheit nicht raus kommt."

„Was für eine Wahrheit?"

„Die Canberras und die Bande hatten oft Streit, da die
Bande Lügen erzählte, damit die Morde nicht auffallen.
Canberras wollen es aufdecken, aber sie können Ihnen
nicht nachweisen, dass die Bande Morde begeht.
Nachdem alle Opfer spurlos verschwanden."

„Grandpa ist aber nicht verschwunden."

„Da muss ich dir auch recht geben. Genauso wie die
Ringe fehlen."

„Die Zeitreiseringe fehlen? Mir fällt etwas ein. Ich habe
nie Grandpas Ring gesehen."

„Er hat ihn sicherlich versteckt."

„So muss der Ring bei mir zu Hause sein. Aber wo?"

„Genau das machen die Geheimnisse aus die du nicht
wusstest."

„Du meinst das Ganze mit Sophie etc."

Wie er strahlte, als ich ihren Namen sagte.

„Ja."

„Genauso, dass Mum nichts von dem Zeitreisegen
weiß.

Granny wusste immer was und hat es mir auch nie gesagt."

„Weil sie wusste, dass du alles herausfinden würdest da du ein Zeitreisegen hast. Du bist auch die, die alle Morde aufdecken kann."

„Heißt das du willst mich als Detektivin einsetzen?"

„Ja. Nur so können wir die Bande hinters Licht führen."

„Dürfen mir meine Freundinnen dabei helfen?"

„Klar."

„Pia und Prisella helfen mir schon die ganze Zeit. Prisella war mit mir auf der Soiree im 18.Jahrhundert und da habe ich Miss Mary Jane kennen gelernt. Ich bin nämlich zur Hochzeit eingeladen. Nur ein Problem gibt es."

„Und welches?"

„Da ich mich als Lady Tiger ausgebe wird es schwierig."

„Genauso könnt ihr die Bande austricksen. Die wirkliche Lady Tiger hat dadurch Schutz von euch."

„Ich habe die Dame noch nie gesehen."

„Auf der Hochzeit wirst du sie finden."

„Woran erkenn ich sie?"

„An ihrem Ring."

„Welche Farbe hat ihr Stein?"

„Er ist Gold- Gelb."

„Okay."

„Daran wirst du sie erkennen."

Sam sah auf seine Uhr.

„Du musst gehen. Sonst macht sich Charlotte noch Sorgen um dich."

„Ja. Danke!"

„Bitte. Du brauchst keine Angst haben du bist in
Sicherheit." Ich lächelte Sam an.

„Dann geh ich wieder."

„Ruf an, wenn du mehr weißt."

„Das werde ich. Bye."

„Bye, Romy." Ich lief aus dem Arbeitszimmer.

Kapitel 6
Ein seltsames Mädchen

„Nochmal von vorne. Du sollst die Bande auf fliegen lassen, weil sie die Gens ermorden."

„Jepp, Prisella."

„Ihr beide dürft mir dabei helfen."

„Cool. Wo geht's los?"

„Auf einer Hochzeit im 18. Jahrhundert, denn dort wird Lady Tiger ermordet."

„Du?"

„Nein, Pia. Lady Tiger gab es wirklich. Ich werde mich für sie ausgeben, damit wir sie schützen."

„Woran erkennen wir die Lady?"

„An ihrem Ring."

„Das heißt ihr müsstet Ringe tauschen?"

Auf die Idee bin ich noch gar nicht gekommen. Sonst würde es ja auffallen.

„Prisella das müssten wir."

„Weißt du was?"

„Ja, Pia."

„Wir werden die Methoden des 18. Jahrhunderts lernen damit wir uns wehren können."

„Das ist eine gute Idee."

„Ich finde nicht. Es ist viel zu gefährlich. Wo sollen wir üben?"

„Romy das ist kein Problem. Mit unserer Hilfe schaffst du alles."

„Danke. Pia ich möchte dich etwas fragen."

„Frag doch."

„Wieso konntest du meinen Zeitreisering benutzen?"

„Keine Ahnung."

„Vielleicht weil sie auch eine Canberra ist."

Das soll der Grund sein, Prisella. Da hast du dich geschnitten. Pia lügt irgendwo. Sam sagte mir, sie müsste auch eines haben, denn im Jahr 1998 gab es zwei Canberra Geburten. Das kommt höchstens alle 100 Jahre mal vor. Oder weiß Pia nicht das sie es auch kann? Ihre Mum hat ihr ja die Frage beantwortet über das Geheimnis. Ziemlich rätselhaft.

„Im übrigen Romy. Solange du bei Sam warst, musste ich meiner Mum helfen. Dabei trugen wir Kisten auf den Dachboden und haben zufälligerweise im Dachboden eine Ahnentafel gefunden."

Prisella reichte mir die Ahnentafel und ich sah sie verblüfft an. Ein Name auf der Tafel stieß mir sofort ins Auge.

„Mary Jane."

„Das heißt du bist Nachfahrin von Miss Mary Jane und Leopold Porre?"

„Bingo. Sie sind meine Urururgroßeltern. Die Freundschaft zwischen den Churchs und Porres hat nie auf gehört. Du siehst ja wir sind auch Freundinnen.", sagte Prisella und zeigte dabei auf uns beide.

Da muss ich Prisella recht geben. Lady Church und Lady Porre waren auch gut befreundet. Irgendwie lief mir ein kalter Schauer über den Rücken. Wahrscheinlich wegen der Bande. Sollte ich mit jemanden anders noch darüber reden, wie zum Beispiel Granny oder Sophie. Nein am besten nicht. Sonst machen sie sich alle um mich sorgen. Mir

brummte der Kopf von dem Ganzen. Vielleicht ist das alles
für mich zu viel?
„Pia, Prisella es ist besser, wenn ihr nach Hause geht
und wir machen morgen weiter."
Mühelos gab ich Prisella die Ahnentafel zurück.
„Apropos. Ich werde mich mit Sebastian am
Wochenende treffen. Wegen unseren Turteltäubchen."
„Welche Turteltäubchen?"
„Ach so, Pia. Das weißt du noch gar nicht. Sophie und
Sam müssen sich noch lieben."
„Oh."
„Außerdem Nil ist es auch aufgefallen. Er hat sofort
gesagt, ich soll die zwei wieder zusammen bringen."
„Im Ernst dem kleinen fällt das auf."
Ich nickte.
Prisella und Pia lachten.
„Alle merken es nur die beiden nicht."
„Ja."
„Leute, was ist mit dem Gift?"
Prisella zog das Fläschchen hervor.
„Das können wir morgen besprechen."
„Morgen haben wir ja Chemie. Da könnten wir ja Mrs
Turner fragen. Ach ja. Mädels. Sie ist meine Tante."
„Das ist eine gute Idee, Pia."
Na toll. Nicht auch das noch. Mrs Turner ist auch noch
Pias Tante. Wie viele Canberras gibt es. „Romy."
„Wohl eine gute Idee."
„Na dann bis morgen."
Prisella und Pia verließen mein Zimmer. Puh. Endlich al-
lein um alles zu verarbeiten.

Ich lag in meinem Bett. Es war Nacht und ich hatte meine Augen halb geschlossen. Plötzlich bekam ich ein Schwindelgefühl. Ruckartig setzte ich mich auf. Bevor ich reagieren konnte, um den Ring zu schnappen der auf dem Nachttisch lag, löste ich mich in Luft auf. Als ich unsanft gelandet war und mich an das Tageslicht gewöhnte, bekam ich etwas auf den Kopf. Nun war ich hell wach und schnell stand ich auf.

„Wer ist da?“

„Du störst mich.“

Ich drehte mich um und da war jemand der Sport machte.

„Sorry, dass ich unsanft gelandet bin und von dir etwas auf den Kopf bekommen habe.“

„Wie frech wirst du auch noch. Warte ich werde dir…“, sie unterbrach den Satz.

Wir sahen uns verblüfft an. Das Mädchen hatte dieselben blonden Haare, blauen Augen und eigentlich alles gleich wie ich. Ich traute meinen Augen nicht. Vor mir stand mein eigenes ich. Also Tina?

„Momentmal wie ist das möglich?“, sprach sie.

Ich dachte dasselbe wie sie aussprach.

„Darf ich dich anfassen?“, fragte sie.

„Ja.“

Sie nahm meine Hand.

„Es ist kein Traum, sondern Realität. Wie bist du hier her gekommen.“

„Bevor ich dir dies beantworte will ich wissen wer du bist.“

„Tina Dolphin. Und du?“

„Romana Canberra.“

„Moment. Canberra. Genau. Miss Bauer lebt bei Mrs
und Mr Canberra. Mr Canberra ist Architekt."
„Schön. Das sind meine Großeltern. Also in der
 Zukunft. Miss Bauer ist meine Tante."
„Du bist aus der Zukunft."
„Ja."
„Merkwürdig. Wie kannst du so aussehen wie ich?"
„Das versuche ich gerade rauszufinden. Welches Jahr
ist eigentlich?"
„5.Juni 1997."
„Also Sommer. Bei mir ist bald Weihnachten und haben
Nacht im Jahr 2014. Kennst du Lucas?"
 „Matterl?"
Ich nickte.
 „Er ist so süß. Bin ich noch da oder wieso fragst du?"
„Nein. Er ist mein Musiklehrer und du bist bei einem
Un…"
Plötzlich drehte sich alles um mich und ich hielt mit der
Hand an den Kopf.
 „Wir müssen uns unbedingt noch mal treffen. Hier in
meinem Zimmer. Will noch mehr erfahren."
Ich nickte und verschwand. Im Jahr 2014 landete ich auf
die Bettkante. Daraufhin fiel ich auf den Boden. So unsanft
bin ich schon lange nicht mehr gelandet. Schnell knipste
ich die Nachttischlampe an. Lucas will doch wissen, ob sie
noch lebt und ob Tina die Tochter von Sophie ist. Wen soll
ich fragen, um mehr über Tina zu erfahren? Granny. Ich
sprang auf und rannte zu Granny ins Schlafzimmer.
 „Granny!"
„Was ist los? Ist irgendetwas mit Julia oder Nil?"

Erschrocken fuhr Granny hoch.

„Nein. Ich hatte gerade einen Zeitsprung.“

„Romana du hast mir einen Schrecken eingejagt. Gut.
Dann kann ich ja weiter schlafen.“

„Granny hattest du eine Vision, wovon niemand etwas
wusste?“

„Nein. Warum fragst du?“

„Ich verstand, was mir Sam gesagt hat. Bin gerade mit
meinem ich in der Vergangenheit zusammen gestoßen.
Kannst du mir Sophies Handynummer geben?“

„Ruhig. Nicht so schnell Kind. Nochmal von vorn. Was
ist mit Sam?“

„Sam hat mir erzählt, dass ich in Gefahr sei und
wahrscheinlich das letzte Familienmitglied mit einem
Gen. Darum will ich mehr herausfinden, deswegen
habe ich gerade mein eigenes ich getroffen und brauche
dafür Sophie.“

„Ja dann muss ich jetzt besonders auf dich aufpassen.
Warum brauchst du Sophie dafür?“

„Weil sie etwas über Tina weiß.“

„Wer ist Tina?“

„Die immer hier war bei Grandpa und war eine
Schülerin von Sophie.“

„Ach so. Gut. Ich gebe dir die Nummer beim Frühstück.
Nun schlaf. Du musst früh raus.“

Ich nickte und Granny gab mir einen Kuss auf die Stirn.

„Gute Nacht.“

„Gute Nacht Granny.“

Mit ruhigem Gewissen verließ ich das Zimmer.

In Chemie mit Mrs Turner lief es gut. Prisella zeigte Mrs
Turner unsern Behälter und sie roch daran.

„Wo habt ihr das her?", fragte uns Mrs Turner
 natürlich.

„Aus einer Tasse mit Tee. Also wir wollen einen Mord
aufdecken.", gab Prisella zur Antwort.

„Um genauer zu sein. Den Mord meines Grandpas.",
fügte ich hinzu.

„Kinder ihr begebt euch in Gefahr mit diesem Gift.
Dieses Gift ist tödlich. Aber nachdem ihr einen Mord
aufdecken wollt helfe ich euch."

„Müsste dieses Gift nicht auffallen?", fragte Pia.

„Normalerweise schon, aber wenn dieses Gift in einer
Flüssigkeit drin ist fällt es nicht auf."

Genau das erzählte uns Mrs Turner. Nun war große Pause.
Ohne das es Mrs Pruse merkte habe ich mein Handy mit
genommen. Ich tippte Sophies Nummer ein, die mir
Granny beim Frühstück gegeben hatte, aber nur die Mailbox ging ran.

„Hier ist die Mailbox von Sophie Self. Ich bin derzeit
nicht erreichbar. Bitte hinterlassen Sie eine Nachricht
nach dem Signalton."

Es ertönte der Ton.

„Hallo Sophie. Ich weiß etwas mehr. Es geht auch um
mein Gen und ist dringend. Sonst lauf ich einer Gefahr
entgegen, ohne es zu wissen. Bitte hilf mir. Romana
Canberra."

Ich hängte dann auf. Mit traurigem Blick kehrte ich zu
meinen Freundinnen zurück.

„Und?", fragte Pia.

„Nur die Mailbox ging ran. Ich kann nur hoffen, dass
Sophie sie abhört.“

„Mach dir keine Sorgen. Wenigstens wissen wir etwas
mehr.“, sprach Prisella.

„Ich weiß nicht, ob ich auf die Hochzeit gehen soll.“

„Romy das schaffen wir. Auf welche Hochzeit gehen
wir eigentlich?“

„Auf Miss Mary Jane und Leopold Porres Hochzeit.
Nur der Haken ist, dass Lady Tiger bei der Hochzeit
 ermordet wird.“

„Hey. Keine Angst wir helfen dir und wir lernen uns zu
wehren.“

„Wie wärs zu üben einfach in Ohnmacht fallen?“

„Pia das ist eine gute Idee. Romy das machen wir. So
glaubt die Bande du bist tot und merken gar nicht, dass
du eigentlich die Falsche bist.“

Na toll.

„Wie wär´s, wenn du Lady Church einweihst?“

„Wenn sie uns glaubt Prisella.“

Dies fand ich irgendwie für eine gute Idee. Ohnehin hat sie
das ja auch geglaubt, dass ich aus der Zukunft bin und mit
dem Familienstammbaum. Wie neugierig sie war. Das
Klingeln der Glocke brachte mich aus meinen Gedanken.
Genau wie am Mittag nach der Schule, als mich ein Hupen
aus den Gedanken riss. Ein blaues Auto hielt neben mir an
und jemand ließ die Scheibe runter.

„Hallo Romana. Ich hatte Unterricht und eine Sitzung.
Da konnte ich nicht abnehmen. Die Mailbox habe ich
danach abgehört. Steig ein.“

Es war meine Tante. Ich war überrascht, da ich nicht damit
gerechnet hatte. Nicht einmal alles verstand ich, so schnell
sprach sie, aber ich folgte ihren Worten und stieg ein. Sophie fuhr sofort los.

„Hallo Sophie. Musst du nicht bei Sebastian oder
Beni sein?"

„Nein. Außerdem sind die beiden alt genug, um sich
selbst zu haben. Wegen was wolltest du mich so
 dringend sprechen?"

„Wegen Tina…- Dolphin."

„Ach wegen ihr."

„Du hast sie unterrichtet. Stimmts?"

„Ja das habe ich."

Irgendwie stimmt etwas nicht. Sophie hat 1993 angefangen
an der Schule zu unterrichten. 1994 bringt sie Beni zu Welt.
Eigenartig ist, dass sie weiter unterrichtet hat, obwohl sie
1997 mit Sebastian schwanger war und auch im selben
Jahr zu Welt brachte. Aber weil sich Mum und Sophie
stritten hatte sie an meiner Schule auf gehört zu unterrichten. Nun fragte ich stärker.

„Lucas auch?"

„Ja."

„Mir ist etwas Rätselhaft. Warum hast du weiter
 unterrichtet obwohl du im Mutterschutz warst?"
Sophie holte Luft.

„Wegen Caroline. Granny und Grandpa schauten nach
Beni. Doch eines Tages konnte ich die Wehen des
 zweiten Kindes nicht verbergen vor Caroline, dadurch
wurde sie eifersüchtig, nachdem sich alles um mich
drehte. War auch im Krankenhaus. "

Ihr rollte eine Träne über die Wange.

„Sam?“

„Ja.“

„Du musst nicht weinen. Wegen was warst du im
Krankenhaus?“

„Es gab Komplikationen bei der Geburt bei mir.“

„Eine Frage. War die Liebe zwischen Sam und dir
heimlich?“

„Naja. Granny und Grandpa wussten es, aber meine
Zieheltern durften es nicht erfahren. Mary war gegen
die Beziehung. Deswegen hatten wir Streit und ich blieb
bei Granny und Grandpa. Sam war nur da, wenn
Caroline nicht da war.“

Nun verstand ich langsam den Grund für Mums Eifer-
sucht. Die heimliche Liebe und die eigenen Eltern behan-
deln das Kind wie ihr Enkel. Wo auch ihre sind.

„Du konntest nicht zurück wegen dem Streit. Sag mal.
Wärst du gerne geblieben?“

„Wenn ich gewusst hätte, dass ich die Tochter bin wär
ich geblieben, aber ich hatte Streit mit Sam da er mich
mit Caroline anscheinend betrogen hatte.“

„Sam hat dich nie betrogen.“

Wieder rollte ihr eine Träne über ihre zart rosanen Wan-
gen. Sophie muss das Thema belasten. Wahrscheinlich ist
es eine Wunde, die ich gerade wieder geöffnet habe. Diesmal sprach sie Sam so traurig aus. Das einzige was ich vermute ist, dass Sophie Sam noch liebt genau wie Sam sie.
Moment. Gestern sagte er als ich ihn darauf an sprach, ich
hätte Sophies Augen. Bevor wir in die Downstreet einfah-
ren will ich das noch wissen.

„Wieso hast du nicht Sam geheiratet?"

„Wir wollten heiraten, aber es kam nie zustande."

„Hast du Hillary schon erwischt?"

„Nein, aber ich werde es noch mal versuchen."

„Ich freu mich, dass ich Tante werde."

„Oh woher weißt du das?

„Von Sebastian."

„Ich habe es total vergessen euch zu erzählen."

„Schon gut. Kann passieren bei diesen Umständen.
Welchen Zusammenhang hat Tina mit euch?"

„Das weiß ich nicht. Zur Tina kann ich dir vieles
Beantworten, aber alles weiß ich auch nicht."

„Der Grund ist Tina wurde ermordet genau wie
Grandpa, weil sie ein Gen hatten genau wie ich. Sam
sagte, ich sei in Gefahr."

Vor der Hausnummer 12 hielt sie den Wagen an und
machte die Augen zu. Erst dachte ich es sei etwas Schlimmes, doch dann öffnete sie die Augen wieder. Sie sah mich
an.

„Das ist schlimm. Wir müssen auf dich aufpassen."

„Tja, das ist wohl der Nachteil, dass ihr euch alle Sorgen
macht. Eine Sache wundert mich immer noch an wen
konntest du dich dann erinnern, wenn Tina und ich uns
sehr ähnlich sehen?"

„Entweder an sie oder an dich."

„Irgendein Merkmal?"

„Ihr seid euch sehr ähnlich in vielen Dingen. An einen
Ring."

„Dann war es Tina, denn ich hatte zu der Zeit keinen
Ring, als du mich unterrichtet hast."

„Stimmt.“

„Ich blieb über da Tina nicht mehr lebt.“

Ein Schritt weiter. Es heißt Sophie konnte sich nicht an mich erinnern, sondern an Tina. Nachdem Unfall konnte sie sich nicht an den Namen erinnern. Bingo. Das ist es. Jetzt muss ich nur noch raus finden, was mit Tina wirklich geschah. Aber vorher denke ich wird bei Granny gegessen.

„Kommst du mit rein?“

„Nein. Das letzte Mal hatten wir etwas Unruhe gestiftet. Außerdem muss ich Beni etwas helfen. Ich glaube dir, dass du wegen dem Gen in Gefahr bist. Darum will ich dich auch beschützen.“

Auch nicht schlecht. Sam und Sophie wollen mich beschützen. Das kann noch heiter werden. Während ich das dachte, sah ich ein schwarzes Auto in dem ein Mann saß. Der Mann ist … Oh Gott. Er ist der Mörder meines Grandpas. Schnell raus hier. Der Typ darf nicht erfahren, dass ich ein Zeitreisegen habe.

„Ich muss los.“

Sophie hob die Augenbraue hoch. Sofort stieg ich aus und verabschiedete mich von Sophie.

Kapitel 7
Ein Geheimnis heraus gefunden

Ich rannte ins Haus. Nachdem ich mein Zeug verräumt hatte, nahm ich am Tisch Platz. Julia, Nil und Granny saßen schon am Tisch. Dass Julia mich an sah während ich den ersten Löffel meiner Kartoffelsuppe nahm merkte ich.

„Sag mal tust du wieder Zeitreisen?", fragte Julia.

Meine Augen wurden groß. „Woher weißt du es?"

Julia zeigte auf meinen Ring.

„Sag es nicht zu laut."

„Warum nicht?"

Diesmal Nil. Granny sah mich verblüfft an.

„Weil ich oder alle…- Emmh. Granny weißt du eigentlich, dass Grandpa ermordet wurde?"

Alle ließen ihre Löffel fallen und riefen: „Was?"

„Es ist die Wahrheit. Jedes Zeitreisegen wird ermordet. Das heißt ich werde die nächste sein. Dies weiß ich alles von Sam. Er erzählte mir alles. Darum wollte er, dass wir bei dir bleiben. Es würde nichts nützen, wenn ich zu Sam gehe, da Julia und Nil auch in Gefahr sind, weil sie das Gen weiter geben können. Dasselbe gilt für Pia sowie für Sophies Familie. Deswegen wollen Pia, Prisella und ich die Bande entlarven. Im Jahr 1770 bei einer Hochzeit. Dort soll Lady Tiger, ein Zeitreisegen, ermordet werden. Wir müssen jetzt jedes Gen der Familie Canberra warnen!"

Diese Idee kam mir, als ich meine Sachen verräumte. Logisch ist es schon, denn wenn die Bande das Gen ausrotten

will so müssen sie jedes Familienmitglied kidnappen.
Klingt hart. Aber das Ganze ist Realität.
   „Wenn du willst, dass wir dir helfen, sind wir bereit.“
   „Julia das ist viel zu gefährlich, wegen den Mördern.“
   „Da muss ich Romy recht geben. Es reicht, wenn sie in
Gefahr ist und nicht noch andere.“, sprach Granny.
Schnell wechselte ich das Thema.
   „Ich muss los.“
   „Zu wem?“, fragte Granny.
   „Tina…- Dolphin.“
Alle zogen die Augenbraun hoch und ich verschwand so
schnell ich konnte in meinem Zimmer.

Am 6.Juni 1997 landete ich direkt vor Tinas Füße. Sie half
mir auf.
   „Schön dich wieder zu sehen.“
   „Danke freue mich auch.“
   „Willst du dich setzten?“
   „Ja.“
Wir setzten uns.
   „Also. Was hast du über die Zukunft zu berichten.“
   „Keine guten Dinge.“
   „Heißt, dass Lucas und ich nicht mehr zusammen sind“
   „Nein. Jetzt seid ihr noch zusammen, aber nicht mehr
lange.“
   „Was passiert?“
   „Naja du bist in Gefahr sowie ich. Bei einem Unfall
kommst du ums Leben. Du warst auf der

Abschlussparty mit deinen Freundinnen und nicht ich.
Danach wird der Unfall passieren."

„Oh je. Wie alt bist du?"

„16 in der Zukunft und ich werde erst geboren."

„Also müsste Caroline deine Mum sein."

Ich nickte.

„Aber ich sehe bei Caroline keinen Babybauch."

„Wirklich?"

Tina nickte.

Ich runzelte die Stirn. Irgendetwas stimmt nicht. Hat Mum gelogen, dass sie schwanger war? Granny weiß es sicherlich oder ist es wieder ein Familiengeheimnis. Aber ist dann Sam mein Dad? Moment Sam sagte, doch ich hätte die Augen von…

„Hallo Romy."

„Ja."

„Erzähl mir was von dir."

„Okay. Also. Ich kann etwas Außergewöhnliches, wie du weißt."

„Das weiß ich schon. Erzähl mir von deinem Leben."

„Gut. Ich habe zwei kleine Geschwister Julia und Nil. Wir drei leben seit Grandpas Tod bei Granny. Vorher ging ich in der Stadt zu Schule und dort lernte ich Miss Bauer kennen. In der Zukunft heißt sie Mrs Self. Vor knapp einem Monat fand ich raus wer mein Dad ist und meine Tante und vor zwei Monaten was ich kann. Kurze Zeit später tauchte Mrs Self auf, da sie ihre Erinnerungen verloren hatte. An eines konnte sie sich erinnern. Ein Mädchen das aussieht wie du und ich."

„Und weiter?"

„Vorher wusste ich nicht, dass du existierst. Denn Lucas
erzählte mir immer von einem Mädchen das so aussieht
wie ich. Nachdem die Jahreszahlen mit Sophie Self
gleich waren, dachte ich immer an mich. Erst als ich
dich gestern sah wusste ich, dass er die ganze Zeit dich
meinte.“
„Das ist speziell, dass wir aussehen wie Zwillinge. Wie
können wir gleich aussehen, wenn wir nicht am
gleichen Tag geboren wurden?“
„Das sind wir gerade am heraus finden. Miss Bauer und
ich. Aber zwei Dinge kann ich mir vorstellen. Entweder
wir sind Geschwister oder du bist meine Mum.“
„Es ist unlogisch, dass ich deine Mum bin, nachdem ich
nicht schwanger bin. Geschwister könnte noch sein.“
„So müsstest du aber eine Canberra sein?“
„Ich bin aber eine Dolphin und habe auch ein Gen.“
„Ja. Du könntest genau wie Miss Bauer zu den
 Canberras gehören.“
„Das kann sein.“
Mir fiel wieder die Vorstellung ein mit dem Unfall und
mich darin. Aber es ist…
„Tina ich weiß was mit dir passiert.“
„Was? Sag schon.“
„Ich hatte ein komisches Bild. So kannst du nur ein Gen
haben, denn jedes Gen wird von einer Bande
ermordet.“
„Naja das kann ich mir nicht vorstellen. Dein Grandpa
hat mir gesagt, das nächste Gen wird die Fähigkeit
haben, alles von der Vergangenheit vor Augen sehen,
ohne zu springen.“

„Mein Grandpa?“

„Ja. Schau her.“

Sie zeigte mir ihren Ring.

„Du hast einen blauen Stein. Ich einen rosanen. Bist du
vor mir?“

„Ich weiß es nicht.“

„Wann bist du geboren?“

„1982.“

„Moment. Ich bin 1998. Du 1982. Dazwischen sind 16
Jahre wie Grandpa in seinem Brief schrieb. So kann
man jedes Zeitreisegen finden. Hast du ein Blatt Papier
und einen Stift?“

„Klar. Hier.“

„Danke!“

Ich schrieb mein Geburtsjahr und Tinas auf.

„So wenn ich jetzt von 1982 16 Jahre abziehe. Welches
Jahr ist dann?“

„1966.“

„Genau.“

„Romy.“

„Was ist?“

„Das ist es. Ich habe mich immer gefragt, ob es
 Zeitreisende vor mir gibt, denn in meiner Familie gibt
es keine Genträger. Nun ist es logisch. Die Canberras
haben dieses Gen. Du bist ein Genie.“

Sie umarmte mich.

„Es gibt bei dir keine. Weil deine Mum Miss Bauers
Freundin ist.“

„Oh.“

„Hast du den Familiennamen deiner Mutter?“

Tina schüttelte den Kopf.

„Kennst du deinen Dad?"

Sie nickte.

„Keiner von deinen Eltern ist ein Canberra. Mir fällt
 etwas ein. Meine beste Freundin sagte, es gibt viele in
unsrem Alter die ein Geheimnis erben."

„Das ist möglich, aber die Canberras haben das
Zeitreisegen sonst keine andere Familie."

„Dann müssen wir das heraus finden."

„Lösung hätte ich."

„Welche?"

Sie zeigte auf ihren Ring.

„Du hast recht. Geht es, wenn ich nochmal reise?"

„Weiß nicht. Wollen wir es versuchen?"

Ich nickte.

„Wir sollten denselben Tag wählen."

„Mein Geburtstag."

„Gut."

„Ich sag ihn dir. 9.Juni 1982."

„Vielleicht sollten wir deine Mum vorstellen."

„Ja. Bereit."

„Warte wir sollten unsere Hände halten."

„Stimmt."

„Hast du ein anderes Passwort?"

„Romy wir reisen mit meinem Ring. Denn du wirst
zurückreisen. Das Passwort lautet: „Durch Raum und
Zeit zu reisen…"

„Ist nicht schwer, denn durch das Zeitreisen ist die
Macht gegeben."

„Woher?"

„Ich habe das gleiche.“

„Cool. Irgendwie haben wir viele Dinge gemeinsam.
Nun los.“

Tina drückte auf den blauen Stein. Genau wie bei mir ertönte eine Frauenstimme. Wir hielten unsere Hände, sprachen den Spruch und verschwanden mit einem blauen Strahl.

Im Jahr 1982 landeten wir im Krankenhaus in einem Kreissaal. Im Saal waren Ärzte. Erst nachdem ein Schrei erklang und die Ärzte fort gingen mit einem Baby, sahen wir eine Frau mit blondem Haar. Das Gesicht war…Oh Gott. Nun sah ich am Arm, dass dort ein Tropf hing und an der Stirn ein Pflasterstrip. Die blauen Augen sahen uns an. Diese Augen kommen mir bekannt vor. Ein Schluchzen erklang und die Frau fiel zurück. Sie schloss die Augen. Tina lief hin.

„Hallo. Können Sie mich hören?“, rief Tina.
Keine Reaktion kam.

„Koma.“, gab ich ihr zur Antwort.

„Was?“

„Lass uns gehen bevor die Ärzte kommen.“
Tina nickte.

Kurze Zeit später lösten wir uns in Luft auf.

„Was ist Koma?“, fragte mich Tina, als wir landeten.

„Koma ist ein künstlicher Tiefschlaf in den man fällt
oder gelegt wird.“

„Oh. Die Frau sah nicht aus wie meine Mum.“

„Ja. Wir müssen heraus finden wer sie ist.“

„Stimmt.“

„Wollen wir zusammen arbeiten?“

„Ja, klar. Ich helfe dir mit den Genträgern.“

„Super. Ein Gen im 18.Jahrhundert habe ich schon. Nur
der Haken ist, dass die Lady bei der Hochzeit von Miss
Mary Jane und Leopold Porre ermordet wird.“

„Wie heißt die Lady?“

„Tiger. Das blöde dabei ist. Ich bin zur Hochzeit
eingeladen und gebe mich die ganze Zeit für diese
Lady aus, obwohl sie auch auf der Hochzeit sein wird.“

„Wir müssen die Bande überlisten. Miss Mary Jane
könnten wir einweihen.“

„Kennst du sie?“

„Ja. Du und ich könnten zusammen zur Hochzeit
gehen.“

„Ein Problem gibt es. Prisella und Pia wollen auch
mitkommen.“

„Kein Problem. Wir treffen uns dort. Du reist jetzt mal
zuerst zu Miss Mary Jane und du erklärst ihr alles.
Dann kommst du wieder zu mir und wir besprechen
den Rest.“

„Was machst du dann?“

„Ich werde die Zeitreisegens vom 18.Jahrhundert bis
19. Jahrhundert. Den Rest machst du. Okay.“

„Abgemacht.“

Mein Ring begann zu blinken.

„Oh. Ich sollte zurück.“

„Ist gut. Bis dann. Sag Lucas einen Gruß von mir.“

„Werde ich machen.“

Alles drehte sich um mich und ich löste mich mit einem
rosanen Strahl in Luft auf.

Als ich ankam, ging schon die Tür auf und Julia sprang
rein. Perfektes Timing.

„Bei deinen Sachen allein zu arbeiten ist sicherlich
schwierig und ich dachte mir du könntest Hilfe
gebrauchen. Sonst bist du ja allein. Du siehst blass aus.
Ist dir etwas nicht gut bekommen?"

Julia spricht ja schon wie Granny.

„Mir geht es gut.", brachte ich hervor. Meine kleine
Schwester muss nicht gerade wissen, dass ich bis vor zehn
Minuten mit Tina im Jahr 1982 in einem Kreissaal gestanden habe. Nun sollte ich noch raus finden wer diese Frau
ist. Dann sollte ich die Zeitreisegens des 20.Jahrhunderts
finden und zu Miss Mary Jane auch noch. Da ist mir schon
mulmig, wegen der Bande. Momentmal. Julia könnte…
Das ist eine gute Idee.

„Julia, du kannst doch gut rechnen."

„Ja."

„Könntest du mir von meinem Geburtsjahr bis 1900
immer 16 Jahre weg rechnen und die Jahreszahl jeweils
aufschreiben."

„1998-16= 1982- Weg 16 gibt…"

„Du sollst es auf schreiben in deinem Zimmer."

„Ist gut bin gleich wieder da."

Als Julia ging, stellte ich mir die Frage mal wieder wer die
Frau ist. Kaum war Julia weg, kam schon keine fünf Minuten später Granny.

„Sophie hat angerufen. Sie wollte dich sprechen, da sie
dir etwas Wichtiges sagen will."

Moment. Sophie? Die Frau ist…

„Granny das ist es." Ich umarmte sie.

„Was?“

„Ich geh dann mal telefonieren,“ gab ich zur Antwort
und Granny sah mich fragend an.
Schnell lief ich zum Telefon. Einen Punkt über Sophies Leben raus gefunden, denn vor etwa ein paar Wochen hatte
Sophie wieder ihre Erinnerungen bekommen. Aber Prisella und ich hatten nur einen Teil ihres Lebens raus- gefunden. Gibt es noch weitere Geheimnisse der Canberras?
Ich tippte Sophies Nummer ein und drückte den grünen
Knopf.

„Romy. Als du vorher sagtest du seist in Gefahr, kamen
mir verschiedene Dinge wieder in den Sinn.“

„Nicht so schnell. Ich habe auch was zu erzählen. Fang
du an.“

„Tina hatte auch vermutet, dass sie in Gefahr sei.
Wegen was sagte sie nie. Das einzige was du tun
könntest. Lucas Fragen über dies. Mir ist das auch erst
eingefallen als ich das schwarze Auto dort gesehen
habe.“
Na toll. Gerade war ich bei Tina und schon soll ich mit
Lucas reden. Vielleicht sollte ich ihm, dass neuste berichten.

„Bist du noch dran?“

„Ja.“

„Was willst du mir erzählen?“

„Was hast du im Jahr 1982 gemacht?“

„Ich weiß es nicht. 1983 war in London und…“, sie
überlegte kurz, „Ich war im Krankenhaus. Wegen was
wusste ich nie.“

Das heißt Sophie kann sich wirklich an nichts erinnern was
im Jahr 1982 vorgefallen ist. Darum vermisst sie auch kein
Kind. Wahrscheinlich durch einen Unfall. Harte Schicksale
für Sophie. Aber ich kann ihr jetzt nicht sagen, dass Tina
ihre Tochter ist. Plötzlich kam Julia rein.

„Ist es das was du mir sagen wolltest?“

„Noch nicht alles. Warte mal schnell.“, sprach ich und
legte den nach unten., „Kannst du 5 Minuten noch
warten?“

„Ja.“, antwortete Julia und verließ das Zimmer.

„Bin wieder da.“

„Also leg los.“

„Ich war vorher in der Zeit bei Tina.“

„Und?“

„Wir brauchen Hillary nicht mehr. Du musst Tinas
Mutter sein und kannst dich an nichts erinnern.“

„Das heißt ich habe vier Kinder.“

„Wieso vier?“

„Ach sorry drei. Wegen meinen Enkel.“

„Oh.“

„Ist noch was?“

„Ja. Versöhn dich mit Sam tschüss.“ Ich legte auf, bevor
Sophie darauf was sagen konnte. Julia kam wieder rein.

„Hast du mit Mum telefoniert?“

„Nein. Mit Sophie.“

„Das kann ja noch heiter werden.“

„Und auf was bist du gekommen?“

Sie gab mir eine Liste. Auf der Liste stand: „1998, 1982,
1966, 1950, 1934, 1918 und 1902.“

„Wow! So schnell hast du gerechnet.“

„War ja einfach. Wegen was brauchst du das?"

„Das sind die Geburtsjahre der Zeitreisegens."

„Wir brauchen noch einen Stammbaum."

„Bingo. Julia. Den besorgst du von Granny. Granny hat sicherlich einen."

„Romy hol du den Stammbaum. Granny wird ihn mir nicht geben."

„Gut dann hol ich ihn." Ich lief aus dem Wohnzimmer.

Kapitel 8
Zeitreisen mit Vorsicht

Am nächsten Tag wachte ich auf und alles im Bett war verdreht. Kein Wunder nach dieser Nacht. Ich hatte von der Bande geträumt und hab mich gewehrt gegen sie. Heute treffe ich mich mit Sebastian. Ich bin mal gespannt was der noch so alles erzählt. Ich zog mich an und verließ mein Zimmer. In der Küche war schon Granny beim Frühstück.

„Guten Morgen!"

„Guten Morgen!"

„Was machst du schon so früh wach?"

„Ich treffe mich mit Sebastian."

„Dann pass auf dich auf mein Kind."

„Granny, das werde ich." , sprach ich und lief zum Kühlschrank sowie öffnete ihn. Im Kühlschrank fehlte meine Lieblingsmarmelade. Ich sah auf den Tisch. Da war sie auch nicht.

„Suchst du was?"

„Sag mal Granny hattest du eine Vision?"
Granny kratzte sich am Kopf.

„Granny!"

„Ja."

„Um was ging es?"

„Naja. Das du in Gefahr bist."

„Das hilft mir ja viel weiter."

„Du wirst verfolgt."
Momentmal der Mann, der Grandpa umgebracht hatte stand doch gestern da gegenüber von unserer Wohnung.

Sophie hatte das schwarze Auto auch gesehen. Tina wurde damals auch verfolgt.

„Danke für die Info."

Ich nahm mir eine Scheibe Toast.

„Dann treffe ich mich mal mit Sebastian."

„Mach das. Sebastian soll dich nachher nach Hause bringen."

„Werde ich ihm ausrichten. Er holt mich sowieso gleich ab.", sagte ich und verließ die Küche, um mich fertig zu machen für das Treffen.

Sebastian und ich spazierten durch den Park.

„Es ist sicherlich für dich schwierig dich zu verstecken vor der Bande."

„Ja, aber Granny, Dad und deine Mum passen ja auf mich auf."

„Ich jetzt auch. Wenn du willst begleite ich dich auch."

„Danke! Was weißt du eigentlich über deine Mum und unseren Dad?"

„Ich habe ihr Tagebuch durch Zufall gefunden, als sie bei dir war."

„Und?"

„Die beiden müssen was nachdem sie sich verstritten hatten nochmal was miteinander gehabt haben."

„Wann war die Hochzeit?"

„Komischer weise steht nichts über diese Hochzeit in ihrem Tagebuch drin."

„Dad sagt aber die Hochzeit gab es."

„Vielleicht hat sie es nicht rein geschrieben, weil es sie so verletzt hat."

„Kann sein. Eines versteh ich trotzdem nicht. Wieso
haben die zwei nochmal was miteinander?"
„Dummerweise ist da noch was passiert."
„Und was?"
„Mum war nochmal schwanger."
Ich machte große Augen. Wollte mir Sophie letztens etwas
sagen? Bevor sie es sagen konnte ist sie in Tränen ausge-
brochen. War sie mit mir schwanger?
„Jetzt ist mir klar war um Tina und ich uns ähnlich
sehen?"
„Wer ist Tina?"
„Deine Schwester die 1997 bei einem Unfall ums Leben
kam. Deine Mum wusste nichts davon, da sie einen
Unfall damals zu Geburt von Tina hatte."
„Oh ha. Ich hab noch eine Schwester."
„Jetzt siehst du mal, dass wir nicht alles über deine
Mum raus gefunden haben. Denn Prisella kam auch
erst jetzt damit, dass ihre Mum Sophies beste Freundin
ist. Hillary auch. Außerdem Prisellas Dad ist von
unserm Dad der beste Freund."
„Ne oder?"
„Doch. Und noch was. Prisellas Granny ist die beste
Freundin von unserer Granny."
„Im Ernst?"
Ich nickte.
„Eine kleine Info noch. Hillary hat Tina groß gezogen."
Sebastian sah mich an wie ein Schwäbele wenn's Blitz.
„Wir wissen einiges nicht. Ich muss unbedingt Dad
ausfragen."
„Soll ich Sophie ausfragen?"

„Ja, weil du kommst besser an sie ran. Bei mir ist sie ja
ausgerastet, als sie erfahren hat, dass ich mit Dad
Kontakt habe."
„Wie sieht es jetzt aus?"
„Sie gewährt mir seitdem sie sich wieder erinnern kann
den Kontakt."
„Ok. Und Beni?"
„Das ist eine lustige Geschichte. Beni wollte erst nicht
Vater werden bis Meghan etwas angestellt hat mit ihrer
Schwester."
„Ist Meghan die Freundin?"
„Ja. Naja nachdem die Firma wo Beni und Meghans
Schwester arbeiten mit unseren Dad zusammen
 arbeitet. Hat Meghan so mit Dad geredet."
„Oh."
„Mum hat auch noch etwas dazu gesagt."
„Warum hat sie uns nichts erzählt?"
„Seit dem du in ihrem Leben bist ist sie durch den
Wind."
„Was hab ich mit dieser Sache zu tun?"
„Sie hat ein Bild von dir in ihrem Tagebuch. Auf der
Rückseite stand dein Name. Außerdem von der
 Beschreibung her die sie immer machte, als sie sich an
nichts erinnern konnte, warst es du."
„Die Frage ist war es auch Tina an die sie sich erinnern
konnte."
„Vielleicht oder sie hat euch beide verwechselt."
„Das Problem ist Tina und ich haben die gleichen
Merkmale. Erzählt sie etwas über Tina in ihrem
 Tagebuch?"

„Hab zwar nur bestimmte Tage gelesen, aber der Name kam mal vor. Sonst stand nichts Spezielles über sie drin."

„Stand über mich mehr drin?"

„Es fehlen Jahre im Tagebuch sowie Tage. Ja da kam mal was vor in einem Brief."

„Was für ein Brief?"

„Der war von unserer Granny."

„Woher hatte sie das Bild?"

„Von Granny. Stand in dem Brief drin. Sie sogar geschrieben, wie es dir geht. Also es ging fast nur um dich."

„Warum will Sophie das wissen?"

Sebastian zuckte mit den Schultern. Vielleicht weiß Sebastian auch nicht alles, auch wenn er ihr Tagebuch gelesen hat. Bringt es uns auch nicht viel weiter da Jahre und Tage fehlen. Eine Info hab ich jetzt Sophie war nochmal schwanger. Doch was hab ich mit diesem zu tun. Sophie ist total durch den Wind seitdem ich in ihrem Leben bin. Sogar dieser Brief verwirrt mich. Mein Blick fiel auf die Linde. Mir fiel ein das da die Herzen sind. „Sebastian ich muss dir was zeigen." Ich zeigte ihm das Herz mit der Innschrift S+S 1989.

„Mum und Dad?"

„Ja."

„Wer sind die anderen?"

„C+F wird klar sein."

„Unsere Granny und Gandpa."

„T+L. Wahrscheinlich Tina und Lucas. Warte mal. Es gibt eine Sage um diese Linde."

„Und was geht es da?"

„Das ist der Liebesbaum. Wer sich unter dieser Linde
küsst, diese Liebe bliebt für immer."

„Das heißt im Klartext."

„Granny und Grandpa waren verheiratet und haben
sich geliebt. Lucas liebt Tina immer noch deswegen hat
er mich mit ihr verwechselt. Sophie und Dad müssten
sich noch lieben genau deswegen."

„Jetzt geht bei mir das Licht an."

„Wir müssen Mum und Dad wieder zusammen
bringen.", sagten wir gemeinsam.

„Ich geh sofort zu Dad."

„Und ich rede mit Sophie."

Wir beide verließen gemeinsam den Park. Es freute mich,
dass wir des Rätsels Lösung für unsere Turteltäubchen gefunden haben.

„Wieso bist du das ganze Wochenende nicht ans
 Telefon gegangen? Ich habe dich 20 Mal angerufen und
5 SMS geschrieben.", rief Prisella, als wir am Morgen an
unseren Spinden waren und die Dinge für den
Unterricht raus holten.

„Sorry bin viel gereist bis zum Abend. Dazwischen war
ich immer in der Gegenwart und habe mir alles
 aufgeschrieben was wichtig war. Im 18. Jahrhundert
war ich auch. Mit Sebastian hab ich mich auch
getroffen.", gab ich zur Antwort.

Nachdem Granny noch mal nach den Stammbaum suchte
und ihn nicht fand, sagte Grandma sei er spurlos verschwunden, war ich fast den ganzen Sonntag im Jahr 1770

bei Miss Mary Jane und Lady Church. Als ich dort war,
habe ich die beiden eingeweiht.

„Ich freue mich so, dass Sie zur Hochzeit kommen,
Lady Tiger.", sprach Miss Mary Jane jauchzend.

„Es gibt nur ein Problem."

„Welches?"

„Okay. Ich muss es zuerst erklären. Also. Ich kann et
was Außergewöhnliches und deswegen bin ich vor
einer Bande in Gefahr. Diese Bande wird bei der
Hochzeit zugreifen."

„Das ist schrecklich. Woher wissen Sie das so genau?"

„Wollen Sie es wirklich wissen?"

„Ja."

„Aber bitte nicht denken ich sei verrückt. Ich habe ein
Zeitreisegen geerbt. Man sieht es an diesem Ring hier."
Ich zeigte ihn Miss Mary Jane.

„Der ist wunderschön."

„Danke!"

„Bitte nicht drücken. Sonst lande ich woanders."

„Ist gut. Ich werde Leopold sagen, dass wir gute
Degenkämpfer aufstellen lassen."

„Vielen Dank!"

„Nichts zu danken. Es geht ja um die Sicherheit unsere
Gäste."

„Wann findet die Hochzeit statt?"

„Am 20. Dezember 1770."
Na toll. Mitten im Winter. Gut bei uns ist gerade auch
Winter. „Dürfte ich Sie um einen Gefallen bitten?"

„Ja."

„Ich bräuchte eine Kutsche zu Lady Church."

„Ich werde eine Kutsche rufen lassen."
So war ich noch bei Lady Church und sie war naja nicht so
ganz begeistert davon, dass die wirkliche Lady Tiger in
Gefahr ist.
„Das ist ja grauenhaft. Wie kann man nur morden?"
„Lady Church, ich weiß nicht, warum es diese Bande
tut. Meine Freundinnen helfen mir. Sie würden mit
kommen zur Hochzeit."
„Es ist schön, solche Menschen zu haben, die einem
helfen."
„Ein Problem ist wir dürfen nicht auffallen."
„Dann musst du den Ring weglassen."
„Geht nicht. Sonst können meine Freundinnen nicht
mit."
„Das letzte Mal hatten sie auch keinen."
Das stimmte. Unkontrolliert könnte nur ich reisen sonst
niemand außer Pia vielleicht noch. Sie hat auch ein Gen.
„Es wird schwierig werden, aber Lord Church und ich
werden versuchen euch verdeckt zu halten. Denn Sie
brauche ich noch. Sonst erfahre ich ja nicht was in der
Zukunft passiert."
Bei dem Satz musste ich lachen. Lady Churchs Humor ist
voll toll. Das habe ich auch so gern bei Granny. Tja. Nun
waren die beiden auch eingeweiht. So durfte nichts mehr
schief gehen. Nur Prisella hatte sich schon Sorgen gemacht, da ich ja in Gefahr bin.
„Romy warum hast du mir dann nicht geschrieben?",
fragte Prisella., „Wir arbeiten doch zusammen."
„Ich weiß."
„Was hast du eigentlich raus gefunden?", fragte endlich

Pia.

„Wann welches Zeitreisegen geboren wurde."

„Das ist alles."

„Ja."

„Romy wir kennen dich."

„Mensch sagt mal darf ich jetzt…"

Ich unterbrach im Satz am anderen Ende des Gangs sah ich Mr Matterl. Eigentlich sollte ich ihm den Gruß von Tina ausrichten und ihm nicht böse sein. Nachdem er mich immer wieder mit Tina verwechselt hat. Ich versuche es einfach.

„Leute wartet schnell."

„Wie jetzt?"

Ich lief an ihnen vorbei und ignorierte das was Prisella sagte. So schnell ich konnte lief ich zu Mr Matterl.

„Mr Matterl."

Er reagierte nicht.

„Mr Matterl."

Zum zweiten Mal reagierte er nicht. Ich seufzte.

„Lucas."

Jetzt reagierte er.

„Ja."

„Ich soll dir einen Gruß von Tina ausrichten. Du hattest recht mit deiner Vermutung wegen Miss Bauer."

„Also Tina ist Mrs Bauers Tochter. Hast du sonst noch etwas raus gefunden?"

„Alle die so eine Fähigkeit haben sind in Gefahr. Beim Rest bin ich noch dran. Es tut mir leid, dass ich so fies zu dir war."

„Schon gut. Eigentlich tut es mir leid, dass ich dich mit

Tina verwechselt hab.“

„Du liebst sie immer noch, deswegen hast du die
 Hoffnung nicht aufgeben das sie noch lebt.“

Er nickte.

„Ich muss los und gebe dir Bescheid, wenn ich mehr
weiß.“

Lucas nickte wieder und ich ging wieder zu meinen Freundinnen. Als ich zurückkam, fragte mich Prisella.

„Was sollte das denn werden, wenn es fertig ist?“

„Nichts. Komm gehen wir ins Klassenzimmer.“

Statt mit Mrs Pruse hatten wir mit Mrs Turner Unterricht. Mrs Pruse ist krank. Während Mrs Turner erklärte nahm ich den Zettel vor wo die Geburtsjahre der Gens drauf stehen. Ich las ihn durch. Dabei fielen mir die Jahreszahlen 1966 und 1950 ins Auge. Moment. Sagte nicht Pia, dass Mrs Turner ihre Tante sei.

„Habt ihr noch Fragen?“, fragte Mrs Turner.

 Ich zeigte auf.

„Ja, Romana.“

„In welchem Jahr wurden Sie geboren?“

 Alle sahen mich verdutzt an sogar Pia und Prisella.

„Warum willst du das wissen?“

„Nur so, Mrs. Pruse.“

„Gut. 1950.“

„Danke!“

Ich hakelte das Jahr 1950 ab und schrieb den Namen darüber. Oh. Sie ist eigentlich schon in Rente. Mrs Turner sieht aber noch jünger aus. Müsste mal Pia fragen, warum sie das noch macht.

„Sonst noch Fragen?“

„Ja. Dürfte ich aufs WC?", fragte ich.

„Wenn du musst geh.", gab Mrs Pruse zur Antwort.

Ich stand auf. Während ich zur Tür lief, rief Pia.

„Romy was hast du vor?"

„Was geht euch das an?"

„Romy wir kriegen dich.", rief Prisella.

„Nein. Puff Bumm bang. Bin ich weg."

„Warte!"

Prisella und Pia standen auf. Ich aber rannte schon aus dem Klassenzimmer. Auf dem Gang rannte ich gegen Mr Matterl.

„Sorry."

„Kein Problem. Was machst du hier?"

„Keine Zeit für Erklärung. Ich bin mal wieder auf der Flucht."

„Vor Mrs Pruse."

„Ne. Vor Pia und Prisella. Ich muss mich beeilen."

„Ich halte sie auf."

„Danke!"

Ich gab ihm einen Kuss auf die Wange und schon war ich weg. Auf den Ring drückte ich.

„Romana, wie lautet dein Passwort?"

„Durch Raum und Zeit zu reisen ist nicht schwer, denn durch das Zeitreisen ist die Macht geben."

Den Zettel fest an mich gedrückt löste ich mich in Luft auf. Nachdem ich in Tinas Zimmer gelandet war, suchte ich nach ihr.

„Tina. Hallo Tina."

Enttäuscht blickte ich auf meinen Ring und wollte auf ihn drücken, als jemand neben mir landete.

„Autsch.", rief jemand.

„Hallo Tina." Ich half ihr auf.

„Hi es ist schlimm im 18.Jahrhundert zu sein." „Warst du bei Lady Tiger?"

„Noch weiter zurück."

„1740."

„Nein. 1726. Grauenvoll. Sag ich dir."

„Wirklich?"

Sie nickte.

„Aber dafür wissen wir jetzt wie das Zeitreisegen heißt."

„Und wie?"

„Louise-Marie von Preußen."

„Heißt das Lady Tiger hieß von Preußen bevor sie geheiratet hat."

„Jepp."

„Ist Louise-Marie die Mutter von Lady Tiger?"

„Wahrscheinlich, aber 100 % sicher bin ich mir nicht. Sie wäre mit 16 Jahren Mutter geworden. Willst du mal lachen?"

Ich nickte.

„Sogar ein Chruch hatte ein Zeitreisegen."

„Im Ernst?"

Tina nickte. Nun wusste ich, warum Lady Church nicht überrascht war. „Cool bei mir heißen sie alle Canberra bei der Geburt. Ein paar hab ich ohne Zeitreisen raus gefunden. Sieh mal." Ich gab ihr die Liste.

„Außer ich natürlich."

„Ja."

„Hast du Lucas den Gruß aus gerichtet?"

„Ja. Ich bin bevor ich zu dir kam gegen ihn gelaufen.
Nachdem ich aus dem Unterricht von Mrs Turner
geflüchtet bin. Als er meinte ich laufe vor Mrs Pruse
davon. Sagte ich nein. Vor meinen besten Freundinnen.
Er hält sie jetzt auf. Hoffe halt, dass niemand Granny
anruft.“

„Wieso? Bist du schon öfter geflüchtet?“

„Als ich das Schwindelgefühl das erste Mal hatte,
seither nicht mehr. Das hier ist wieder das erste Mal.“

„Wir unterscheiden uns wirklich nicht.“

„Machst du das auch?“

„Ja. Miss Bauer hat mir immer geholfen.“

Sophie hat Tina geholfen. Sieh an. Tina ist ja Sophies Tochter. Bei ihr konnte sie nicht den Unfall verhindern. Vielleicht will sie mich deswegen auch beschützen. Aber in ihrem Tagebuch steht nicht viel über Tina drin. Kein
Wunder. Sophie wusste ja nichts davon. Wir lachten.

„Apropos. Ich war bei Miss Mary Jane. Sie wird uns
helfen sowie Lady Church.“

„Gut. Wann willst du zur Hochzeit gehen?“

„Sie findet am 20. Dezember 1770 statt. Wann weiß ich
auch nicht.“

„Wie wär es in einer Woche.“

„Naja. Ich müsste das noch Prisella und Pia sagen, denn
wir brauchen die Kleider und sie wissen nicht, dass ich
mich mit dir treffe.“

„Weißt du was. Das musst du Ihnen nicht sagen. Erst
dann, wenn ihr zuerst zu mir kommt.“

„Da muss ich mir etwas einfallen lassen. Kein Problem
mehr.“

„So kann ich dir helfen.“

„Weiß Miss Mary Jane, dass du kommst?“

„Ja.“

„Es ist eine gute Idee, denn wir beide sehen uns zum Verwechseln ähnlich. So können wir die Bande reinlegen.“

„Genau. Gib mir fünf.“

„Wie machen wir es?“

„Also. Erst kommt ihr zu mir. Dann reisen wir mit meinem Ring weiter. Bei der Hochzeit teilen wir uns auf. Du und Prisella. Pia und ich. So können wir die Bande reinlegen.“

„Toller Plan. So muss ich es noch Lady Church sagen, dass ich ein Double hab.“

„Ja. Musst du jetzt dann zurück?“

Ich nickte.

„Was machst du in der Zwischenzeit?“

„Ich mache die Liste fertig mit den Gens.“

„Gut. Dann bis nächste Woche.“

„Bis nächste Woche.“

Ich drückte auf meine Ring und verschwand kurze Zeit später.

Kapitel 9
Ein zweiter Unfall

In der Toilette angekommen lief ich so schnell wie möglich auf den Gang. Im Gang waren Mr Matterl, Prisella, Pia und Mrs Turner in einer heitern Diskussion. Na toll. Und ich bin schuld. Naja. Eigentlich könnte ich Mrs Turner auf den Zahn fühlen. Ich ging lässig zu denen.

„Hallo. Ist etwas schlimmes passiert?"

„Romy!", riefen Prisella und Pia.

„Was bildest du dir ein ihnen zu helfen, Lucas?", schimpfte Mrs Turner.

„Warst du…", fing Pia an, aber ich schnitt ihr das Wort ab.

„Ich war auf der Toilette."

„Romy."

Prisella ernster.

„Romana!"

Diesmal Mrs Turner.

„Wisst ihr, wenn man ein gewisses Gen hat, muss man öfter aufs WC."

Alle blickten mich verwundert an.

„Mrs Turner, es ist besser sie fahren mit dem Unterricht fort und wir tun so als wär nichts gewesen."

„Ja, das wäre besser, Jane.", sprach Lucas.

Wusste ich doch, dass Mrs Turner eine Canberra ist. Die blonden Haare sind unverkennbar von einer Canberra.

„Na gut. Ich drücke ein Auge zu. Bei so einen Gen hat man immer einen Notfall. Prisella, Pia und Romy gehen wir gehen ins Klassenzimmer."

Als alle gingen, drehte ich mich noch mal um zu Lucas.

„Danke!"

Mit einem Nicken und einem Lächeln auf den Lippen ging
er. Im Klassenzimmer fragten mich Prisella und Pia.

„Wo warst du?"

„Das werdet ihr noch erfahren."

„Sag es."

„Nö."

„Pia und Prisella wendet euch bitte zu euren
 Aufgaben.", sprach Mrs Turner und wir widmeten uns
unseren Aufgaben.

Auf dem Heimweg versuchten Prisella und Pia es wieder.

„Romy, wo warst du?"

„Wir gehen nächste Woche auf die Hochzeit von Miss
Mary Jane. Dazu bräuchten wir die Kleider von Mileys
Kleidersalon."

„Wieso so schnell auf einmal?", fragte Pia.

„So bekommen wir schneller raus, wer die Bande ist.
Ihr habt eine Woche Zeit, um die Gepflogenheiten des
18. Jahrhunderts zu lernen."

„Geht's noch.", rief Prisella.

„Ihr müsst euch jetzt damit abfinden. Wir müssen es
jetzt tun, bevor es zu spät ist. Schließlich sind ja Pia und
ich immer noch in Gefahr." Dort hob ich die Finger um
es unter Anführungsstriche zu setzten. Prisella verstand
die Welt nicht mehr.

„Romy hat recht, Prisella. Sie muss sich mit der Bande
abfinden genauso wie ich. Außerdem hat Charlotte

meine Grandpa Roger und meine Grandma Jane schon
gewarnt. Und die haben wiederum Mrs Turner sowie
meine Mum gewarnt."

„Wann hat das Granny gemacht?", fragte ich mich.
Wahrscheinlich da, wo ich in der Vergangenheit war.
Sollte ich heute nochmal in die Vergangenheit reisen, aber
nicht zu Tina, sondern zu Grandpa. Vielleicht kann er mir
etwas über die Bande erzählen. Aber woher wusste Sam
alles? Sicherlich von Grandpa. Es ist für mich gerade siche-
rer als hier in der Gegenwart. Selbst dort muss ich noch
Angst vor der Bande haben. Erst mal werde ich zuhause
etwas essen sonst bin ich ja hungrig in der Vergangenheit.
Nun muss ich Pia und Prisella los werden.

„Mädels von hier find ich allein nach Hause."
„Romy die Bande…"
„Kein Problem. Also sagst du Miley Bescheid wegen
den Kleidern."
„Mach ich.", sprach Prisella.
„Pass auf dich auf!"
„Klar doch Pia. Dann Tschüss bis morgen."
Pia und Prisella liefen die Straße weiter runter und ich zu
mir nach Hause. Komisch war das diesmal, dass der Mann
nicht da war. Da fiel mir ein Stein vom Herzen. Als ich die
Haustür öffnete, kam mir Granny entgegen.

„Sophie hat angerufen. Sie kann morgen nicht kommen
da sie Teamsitzung hat.", sagte Granny.
Von wegen Teamsitzung. Sie muss sicherlich das verdauen, was ich das letzte Mal gesagt habe. Sie soll sich mit
Sam Versöhnen. Ups. Ich sollte doch noch mit ihr reden
wegen der Schwangerschaft etc. Sebastian hat sich auch

noch nicht gemeldet wegen Sam. Das wird sicherlich noch schwierig werden die beiden wieder zusammen zu bringen, wenn die beiden nicht raus lassen, dass sie sich noch lieben.

„Ach ja. Bevor ich es vergesse. Jane und Roger kommen am Donnerstag.", sprach Granny.

Wow! Der Bruder von Grandpa kommt uns besuchen. Für die Bande ein gefundenes Fressen uns zu kidnappen. Hart. Ich wäre die einzige die fliehen könnte. Meine arme Familie. Das nächste will ich mir gar nicht vorstellen. Wie schrecklich.

„Geht es dir gut?"

Sie riss mich aus meinen Gedanken. „Ja. Ich habe nur Hunger."

„Bloß gut. Habe schon gekocht."

Das ist einfach Granny. Ich folgte Granny in die Küche. Am Tisch saßen schon Julia und Nil.

„Wir haben auf dich gewartet.", rief Julia.

„Wirklich?"

Beide nickten. Dass Julia nicht mehr böse auf mich ist, ist ja ein Fortschritt. Sie wollen mir ja helfen, aber es ist gefährlich für beide. Nachdem ich mich gesetzt und gegessen hatte, lief ich in mein Zimmer. Wohin soll ich nun Zeitreisen? Zu Grandpa, Lady Church oder etwas über Tina und Sophie heraus finden? Oder die Schwangerschaft gibt ja auch noch Rätsel auf. Über Tina und Sophie wäre gut. Bevor ich auf meinen Ring drücken konnte klingelte mein Telefon.

„Ja."

„Hi, Romy. Ich bins Prisella."

„Was ist los?", fragte ich.

„Am Freitagnachmittag können wir die Kleider
anprobieren."

„Gut dann bis morgen in der Schule."

Ich legte auf bevor Prisella schnaufen konnte. Jetzt reise
ich in die Zeit. Ins Jahr 1982. Ich drückte auf meinen Ring.

„Romana, wie lautet dein Passwort?"

„Durch Raum und Zeit zu reisen ist nicht schwer, denn
durch das Zeitreisen ist die Macht gegeben."

Mit einem rosanen Strahl löste ich mich in Luft auf.

Im Jahr 1982 landete ich auf der Straße, also auf dem Gehweg. Auf der Straße war ein reger Verkehr. Wahrscheinlich bin ich mitten in London. Ich lief ein Stück zur Kreu-
zung. Man kann fast nicht über die Straße zur anderen
Seite so viele Autos fahren hier. Auf einmal wurde ich auf
ein quietschendes Auto aufmerksam. Schnell rannte
ich dorthin wo die Menschenmenge war.

„Entschuldigung. Dürfte ich bitte durch.", rief ich
einem Mann zu und kämpfte mich durch die Menge.
Nachdem ich die Straße über quert hatte blieb ich stehen.
Mir stockte der Atem. Vor mir auf der Straße lag…

„Sophie.", sprach ich laut aus.

Ein Mann kniete neben ihr.

„Hallo Sophie. Kannst du mich hören?", fragte er. Der
Mann forderte die Leute auf.

„Ruft einen Notarzt."

Eine ältere Dame machte es und lief zur nächsten Telefon-
zelle. Oje. Sophie sieht schrecklich aus und dazu noch
schwanger. Soll ich zu ihr hin gehen? Nein. Ich würde

sonst die Zukunft durcheinander bringen. Das wäre doof.
Also warte ich. Nach etwa 15 Minuten kam die Rettung.
Während der Notarzt Sophie versorgte öffnete sie die Augen und wahrscheinlich setzten die Wehen ein, denn der
Notarzt packte sofort Sophie ein und der Mann stieg auch
ein. Bevor sie einstiegen, versteckte ich mich im Rettungswagen. Die Fahrt mit dem Rettungswagen war turbulent
und eng. Ich war froh als die Fahrt vorbei war. Als alle
ausgestiegen waren, schlich ich mich aus dem Wagen. Nur
ein Problem war ich konnte den Ärzten nicht so schnell
folgen. Ich lief einfach den Beschriftungen nach. Dadurch
verbrauchte ich viel Zeit. Die ganzen Lifte sowie die
Gänge rochen nach Medizin und mir wurde fast schlecht
davon. Leute waren überall. Schluss endlich kam ich an
den Kreissaal. Im Gang stand der Mann, den ich vorher
auf der Straße gesehen hatte. Eine Ärztin stand bei ihm
und sprach:
„Die Mutter des Kindes ist ins Koma gefallen.
Wir können Ihnen leider nicht sagen, wie lange sie im
Koma sein wird. Da wir keine Angehörigen erreicht
haben, wollen Sie solange nach dem Kind sehen?"
Momentmal. Der Typ kennt zwar Sophie, aber welches
Recht nimmt sich die Ärztin das Kind an diesen Mann zu
geben. Dieser Mann ist sicherlich Mr. Dolphin oder ist er
der Vater des Kindes? Oh.
„Ja. Hoffen wir, dass Miss Bauer bald wieder zu sich
kommt.", gab Mr Dolphin zur Antwort.
In den Moment kam eine Frau.
„Was ist mit Sophie?", fragte diese.
„Hillary, sie ist ins Koma gefallen und die Ärzte können

nicht sagen, wann sie wieder aufwacht."
Das ist doch die Freundin von Sophie bei der doch Tina
aufwuchs.

Die Ärztin nickte und sagte: „Bevor sie ins Koma fiel
haben noch die Wehen eingesetzt. Das Kind ist aber
wohl auf. Wollen Sie das Kind jetzt sehen?"
„Sollten wir nicht auf Mrs Bauer oder Sam warten?
Schließlich ist er der Vater.", fragte Hillary.
Ich runzelte die Stirn. Sam ist der Vater von Tina. Das
heißt ja. Sophie und Sam haben sich früher kennengelernt
als 1989.
„Wenn Sie noch warten wollen. Ist auch gut."
„Wo liegt Miss Bauer?"
„Auf der Intensivstation. Im Zimmer 356."
„Danke!"
Die Ärztin ließ die beiden allein. Mr Dolphin nahm Hillary
in den Arm.
„Warum musste es meine beste Freundin treffen?"
„Keine Ahnung, Schatz. Warten wir auf Sam."
Sie nickte und lösten sich wieder.
„Hoffentlich kommt Sam vor ihrer Mutter."
„Das hoffe ich auch. Den sie war ja gegen die Beziehung
und wahrscheinlich auch gegen das Kind. Sie hat
sicherlich was mit dem Unfall zu tun."
„Ja, da könntest du recht haben. Aber wieso?"
„Das versuchen Katie und ich schon seit einiger Zeit
raus zu finden. Weil ja Sophie Mrs Canberra ähnlich
sieht und Mary sie nicht leiden kann."
„Ich denke schlechter Zeitpunkt, um weiter zu reden.

Wenn man vom Teufel spricht, dann kommt er.",
sprach er und deute auf eine Frau die einen Stil aus den
60ern hatte. Das ist also Mary.

„Ach Hillary. Wo ist Sophie? Ich muss sofort zu ihr.
Wie konnte der Unfall nur passieren?"

„In Zimmer 356 auf der Intensivstation."

„Danke!", sagte Mary und verschwand auch schon
wieder im Gang.

„Hast du gerade gesehen, wie fürsorglich sie jetzt
gerade war?"

„Ja. Normalerweise ist sie ziemlich schlimm."

„Schlimm ist gut aus gedrückt. Eine Katastrophe. Wo
bleibt eigentlich Sam?"

„Weiß nicht. Hab ihn sofort informiert. Da sagte er, dass
er gleich da wäre."

„Oder er wird aufgehalten und darf nicht zu Sophie,
wenn die schon da ist."

„Lass uns auf Sam warten. Und beruhig dich jetzt."

„Aber Mary behalten wir im Auge."

„Das können wir."

Danach waren sie still. So viele Infos. Ich würde die beiden
ja gerne noch einiges Fragen. Was wissen Katie und Hillary was Sophie nicht weiß. Als ich auf sie zu gehen
wollte, fing mein Ring an zu blinken. Schlechtes Timing.
Wer will jetzt schon wieder was von mir. Ich drückte auf
meinen Ring und löste mich in Luft auf.

„Krass. Katie und Hillary ist damals schon aufgefallen,
dass Sophie Grannys Tochter ist. Mary war gegen die
Beziehung und hatte was gegen meine Granny. Hat sie

was damit zu tun?", fragte ich mich, als ich wieder in meiner Zeit landete. Dies ist sehr Merkwürdig. Deswegen ist Tina wahrscheinlich bei Hillary und Mr Dolphin aufgewaschen. Sophie lag ein Jahr im Koma. Dadurch konnte sie sich weder an den Unfall noch an die Schwangerschaft erinnern. Schwere Schicksale für Sophie. Sie macht schon zwei Unfälle mit. Sie tut mir richtig leid. Sam war schon da mit ihr zusammen. Tina ist auch meine Schwester, deswegen die Ähnlichkeit. Katie muss ich unbedingt fragen, was sie über Mary wissen. Am besten frage ich Granny was sie davon hält, wenn ich zu Katie gehe. Ich lief durchs ganze Haus bis ich Granny fand. Granny stand in dem Raum, der schon lange nicht mehr geöffnet wurde. Das Klavier war mit einer Decke abgedeckt und es wimmelt nur so von Staub. Was hatte Granny bewegt dieses Zimmer zu öffnen? Seit Grandpas Tod war das Zimmer verschlossen. Oder hat sie Grandpa gesehen oder eine Vision gehabt? Wer weiß, vielleicht auch beides.

„Granny, geht es dir gut?", fragte ich nachdem Granny ein blasses Gesicht hatte.

Sie erschrak fast.

„Ich hab dich gar nicht kommen hören."

„Was machst du hier?"

„Am besten gehen wir ins Wohnzimmer."

Wieso gab mir Granny keine Antwort auf meine Frage. Habe ich einen wunden Punkt getroffen? Vermisst sie Grandpa? Oder was ist das Problem?

„Okay."

Ich lief schon ins Wohnzimmer, während Granny die Tür des Zimmers wieder versperrte, aber ich beobachtete sie, wo sie den Schlüssel hintat. In der Wanduhr versteckte sie den Schlüssel schlussendlich. Nachdem Granny ins Wohnzimmer kam, fragte sie mich:

„Wegen was hast du mich gesucht?"

„Darf ich allein zu Katie gehen?"

„Ja. Warum?"

„Wegen… Naja. Dürfen andere ein Kind aufziehen, wenn die Mutter im Koma liegt?"

„Normalerweise werden die Angehörigen informiert. Wenn es keine gibt oder es keinen Vater gibt behalten sie das Kind im Krankenhaus. Je nachdem wie lange die Mutter im Koma liegt. Allerdings werden immer noch Verwandte vorgezogen. Wieso willst du das wissen?"

„Nur so."

„Romana."

„Okay es geht um jemanden der das erlebt hat."

„Wer ist es?"

„Sophie und Tina Dolphin ist die Tochter."

„Tina ist Sophies Tochter?"

„Ja. Sophie konnte sich an nichts erinnern, wegen dem Unfall. Sowie das sich schon mal mit Dad zusammen war."

„Das ist ja Zufall, die kennen sich schon länger. Mir kam schon von Anfang an etwas komisch vor. Ich hatte doch Sophie schon mal gesehen. Woher weißt du das?"

„Mit dem hier." Ich zeigte auf meinen Ring.

Grannys Miene verzog sich.

„Das Zeitreisen lüftet wohl Geheimnisse. Was sehr gefährlich ist!"

„Ja, aber ich weiß jetzt wer was über das ganze wissen

könnte noch außer Hillary."

„Wer?"

„Prisellas Mum."

„Katie. Das könnte sein, den die drei waren immer zusammen."

„Kennst du durch Zufall eine Mary Bauer?"

„Ja, die war mal meine Freundin bis was Schlimmes geschah. Dann hab ich sie auch nicht mehr gesehen."

Mary war mal Grannys Freundin und da ist was Schlimmes passiert. Seltsam aber was. An Grannys Blick konnte ich erkennen, dass sie nicht mehr darüber reden möchte. Kurze Stille trat ein.

„Gehst du auf eine Hochzeit im 18.Jahrhundert?", fragte Granny nach ein paar Minuten.

Woher wusste Granny, dass ich auf eine Hochzeit gehe?

„Wieso?" Vorsichtig stellte ich die Gegenfrage.

„Da ich eine Vision hatte. deshalb stand ich im Zimmer."

„Um was ging es in deiner Vision?"

„Es war in einer Kirche. Die Zeremonie lief normal ab. Nachdem das Brautpaar hinaus läuft vor die Kirche bricht ein Kampf aus. Und du bist mitten drin und du wirst von einem Degen getroffen."

„Bist du dir sicher?"

„Ja."

Ach du grüne Neune. Mir graut es jetzt vor der Hochzeit. Angst brauche ich eigentlich nicht zu haben, da die Degenkämpfer von Miss Mary Jane helfen sowie Lady Church. Grauenhaft ist es schon. Außerdem ist auch Tina mit.

„Ich will es dir nicht ausreden, Romana. Aber ich will

dich warnen.“

„Ist schon gut Granny. Danke für deine Warnung.
Werde auf mich aufpassen.“

„Das ist mein Enkel. Du hörst wenigstens auf mich.“

„Mach ich doch immer.“, gab ich drauf. Ich kann nur
hoffen, dass mir nichts auf der Hochzeit passiert. Außer
wir haben einen Plan, dass nichts passiert.

Kapitel 10
Jane und Roger kommen und Mrs Gigi hilft

Am Donnerstag hatten wir Geschichte mit Mrs Gigi. Die Themen waren Ende des 1.Weltkriegs und Zwischenkriegszeit. Diese Themen interessieren mich wenig. Mrs Gigi klebt immer die A4 Zettel mit Pattafix an die Tafel. Eigentlich ist sie schon eine coole Geschichtelehrerin, aber woher kannte ich sie. Ich glaube, ich hatte sie auch in Geschichte in der Schule, wo ich noch in der Stadt ging. Nur erinnern kann ich mich sehr schlecht an sie. Wahrscheinlich sind meine sämtlichen Beulen schuld daran. Momentmal. Da mir gerade Zeitreisen einfiel. Vielleicht könnte mir Mrs Gigi über das 18. Jahrhundert helfen. Schließlich ist sie ja die Fachperson für geschichtliche Sachen. Nach dem Unterricht ging ich zu Mrs Gigi.

„Mrs Gigi könnten sie mir helfen."

„Wie kann ich dir behilflich sein?"

„Über die Hochzeit von Miss Mary Jane und Leopold Porre im Jahr 1770."

„Was willst du da wissen?"

„Wie man sich auf einer Hochzeit im 18.Jahundert verhält?"

„Das kann ich dir nächste Woche Donnerstag bringen."

„Ich bräuchte es bis morgen."

„Kind, du stellst mich vor Herausforderungen. Ich mach dir einen Vorschlag. Komm Morgen am Mittag zu mir. Da zeig ich dir alles."

„Dürften Pia und Prisella auch mitkommen?"

Mrs Gigi sah mich mit großen Augen an.

„Für was brauchst du das?"

„Das kann ich Ihnen erst erzählen, wenn ein besserer
Zeitpunkt dafür ist."

„Gut. Sie dürfen auch kommen."

„Danke!"

„Nichts zu danken. Muss wichtig sein."

Ich nickte.

„Also dann bis morgen Mrs Gigi."

„Bye."

Mrs Gigi nahm ihr Zeug und lief aus dem Klassenzimmer.
Prisella und Pia kamen zu mir.

„Über was hast du mit Mrs Gigi geredet?", fragte
Prisella.

„Morgen ist 18.Jahrhundert Unterricht über den
Mittag."

„Was?"

„Ihr habt mich richtig verstanden."

Prisella und Pia schüttelten den Kopf.

„Hast du ihr…"

„Nein. Wir müssen auf unsere Plätzte. Die Lehrerin
kommt sicherlich bald."

Meine Freundinnen nickten nur. Violetta sah mich böse an.
Passte ihr was nicht. Außerdem sie muss ja nicht wieder
Zeug verbreiten was nicht stimmt. Die Miss Pinky kann
ich gerade nicht brauchen. Wir setzten uns auf unsere
Plätze.

Es klingelte an der Haustür. „Ich mach auf.", rief Julia.
Ich saß in der Küche am Tisch mit einer Tasse Tee und
starrte ins Leere.

„Geht's?", fragte Julia.

„Ja. Julia hättest du heute Nacht auf ein Abenteuer Lust."

„Ja. Gut. 22 Uhr bei mir im Zimmer. Jetzt mach die Tür auf."

Julia nickte und lief zur Haustür. Ich nahm einen Schluck von meiner Tasse Tee. Bei Katie ist auch nicht viel raus gekommen, was Mary betrifft. Außer eines, dass sie das Kind ausgesetzt hat und Hillary es zu sich genommen hatte. Mary hatte vor Sam behauptet, dass Sophie tot sei. Viele glauben, dass Mary was mit dem Unfall zu tun hatte. Aber was? Mir fiel gerade noch etwas anderes ein. Grandpas Ring. Wo kann dieser Ring nur sein. Vielleicht ist er in dem Zimmer versteckt? Ich muss ihn unbedingt finden. Dieser Ring kann für mich hilfreich sein. Momentmal. Jeder der Zeitreiseringe hat einen anderen Stein. Lady Tiger hat einen goldgelben, Tina einen blauen und ich eine rosanen. Welche Farbe hat Grandpas und die der anderen Ringe?

„Kommst du ins Wohnzimmer?", fragte Nil, als er in die Küche kam.

„Ich komme schon."

„Jane und Roger sind da."

„Ich weiß."

Pias Großeltern sind bei uns. Ich stand auf und nahm meine Tasse Tee mit ins Wohnzimmer.

„Schön, dass die Familie jetzt komplett ist.", sprach Granny.

Jane und Roger saßen mir gegenüber auf dem Sofa. Ich saß auf dem Sofasessel. Roger sieht fast aus wie Grandpa. Jane

hat blaue Augen und hell blonde Haare. Wahrscheinlich
gefärbt. Ihr blaues Kleid mit dem Blumenmuster steht ihr
sehr gut.

„So musst du Romana sein. Die das Gen geerbt hat.",
sagte Roger.

„Ja.", gab ich drauf.

„Woher bist du dir so sicher, dass die gesamten
Canberras in Gefahr sind?"

„Roger stell dem Mädchen nicht solche Fragen.", sprach
Jane.

„Ist schon gut. Sam hat es mir erzählt und ich habe in
der Vergangenheit zusehen müssen, wie Grandpa
ermordet wurde."

„Wer ist Sam?", fragte Roger weiter.

„Julias, Nils und mein Dad."

Obwohl Nil nicht Sams Sohn ist habe ich ihn mit dazu genommen.

„Oh. Woher weiß er es?"

„Von Grandpa natürlich. Es war schon immer klar, dass
ich dieses Gen habe, darum hat Grandpa Sam
eingeweiht. Mum konnte man ja nichts sagen davon, da
sie alles für erfunden hielt. Ich kann dir aber etwas
sagen ohne dieses Gen wüsste ich nicht, dass Sophie
meine Tante ist, oder dass Pia Lion euer Enkel ist."

„Woher kennst du Pia?"

„Wir beide gehen in die gleiche Klasse."

„Pia hat mir nichts davon erzählt, dass du in ihre Klasse
gehst." Diesmal sprach Jane.

„Sie hat mir ja auch erzählt, dass Granny euch gewarnt
hat. Am Montag war das."

„Ja und Pia hat schon geholfen wo Romy auf die Soiree
ist.", gab Julia drauf.
„Wirklich?"
Wir beide nickten.
„Jetzt wollen Pia, Prisella und ich diese Bande entlarven
im Jahr 1770 auf einer Hochzeit. Wo eine gewisse Lady
Tiger ermordet wird. Wir sind uns schon bewusst, dass
es gefährlich ist, aber Pia und ich haben eingesehen,
dass wir zusammenhalten müssen, weil wir in Gefahr
sind. Deswegen brauchen wir auch eure Hilfe. Denn,
nachdem die gesamte Familie in Gefahr ist müssen wir
die Bande auf eine falsche Fährte führen, damit wir drei
die Bande auffliegen lassen können."
„Wann möchtet ihr ins 18. Jahrhundert?"
„Am Montag. Morgen bekommen Prisella, Pia und ich
Unterricht noch von Mrs Gigi und am Nachmittag
holen wir die Kleider. Auf der Hochzeit helfen uns
Lady Church sowie Miss Mary Janes Degenkämpfer."
„Das ist sehr gut. Wann wollt ihr am Montag das
 machen?"
„Während dem Unterricht am Vormittag. Es gibt da
Probleme. Violetta könnte uns verpetzten und der
Mörder ist auf dem Weg. Darum müsst ihr den Mörder
auf eine falsche Fährte führen. Das machen am besten
Granny, Jane und Roger."
„Wie sieht der Mörder aus?"
„Er ist ca. 1,80 groß, hat schwarze Haare und fährt ein
schwarzes langes flachgelegtes Auto. Ich kann es euch
sonst zeigen."

Der Typ stand heute Mittag nämlich wieder da. Jane, Roger, Granny, Julia und Nil folgten mir. Von Julias Zimmer aus sieht man auf die Straße vor der Haustür. Ich sah hinaus. Tatsächlich stand das schwarze Auto noch da und der Mann stand am Gehweg.

„Das ist er."

„Er sieht auf das Haus.", sprach Roger.

„Seht ihr und er ist der Mörder von Grandpa."

„Der Mann sieht sehr verdächtig aus.", sagte Jane.

„Da muss ich Romana recht geben. Danke! Wir werden dir helfen." Roger sagte das voll überzeugend.

„Gehen wir wieder ins Wohnzimmer." Gab Granny vor. Alle nickten. Im Wohnzimmer besprachen wir alles.

„Wir werden am Montag dem Mann ein wenig auf den Zahn fühlen.", sprach Jane.

„Gut."

„Und wir?", fragte Julia.

„Ihr beide müsst bei eurem Unterricht sein. Julia du versucht Mrs Pruse abzulenken. Aber ihr tut so als wüsstet ihr von nichts. Es fehlt immer noch jemand der uns hilft."

„Wie wärs mit Mr Matterl?"

Oh nein Julia. Das funktioniert nicht gut. Am Montag hatte er von Mrs Turner etwas auf die Mütze gekriegt nachdem er mir geholfen hatte. Moment. Mrs Turner wäre gut.

„Julia, Mrs Turner wäre auch gut. Sie ist ja ein Familienmitglied. Jane heißt sie mit Vornamen."

„Unsre Tochter. Das trifft sich doch gut, Roger."

Roger nickte bloß.

„Damit bin ich auch einverstanden.", rief Granny.

„Wir könnten auch noch Sophie fragen?“, machte Nil
den Vorschlag.

„Das geht nicht. Sophie muss arbeiten.“, gab ich drauf.

„Versuchen kann man es mal.“

„Okay, Julia. Ich frag sie.“

Obwohl es keine gute Idee ist, denn ich hab ihr ja gesagt
sie soll sich mit Sam versöhnen.

„Dann wär doch alles besprochen. Dann treffen wir uns
am Montag.“, sprach Granny.

Alle nickten. Ich kann nur hoffen, dass es gut läuft.

Die Zeiger der Uhr zeigten 10 Uhr. Julia kam in mein Zimmer rein.

„Bist du bereit?“, flüsterte ich.

Julia nickte.

„Komm.“

Sie folgte mir zur Wanduhr. Ich öffnete leise die Wanduhr
und holte den Schlüssel raus.

„Wo gehen wir hin?“

„Sei leise.“

Julia nickte. Wir liefen zu dem Zimmer, das verschlossen
ist. Es war nichts zu hören. Den Schlüssel steckte ich ins
Schloss. Leise drehte ich ihn um und öffnete die Tür. Dann
deutete ich Julia sie soll kommen. Die Tür lehnte ich an.
Ich flüsterte:

„Wir suchen nach einem Zeitreisering.“

Und gab ihr eine Taschenlampe. Julia machte sich sofort
auf die Suche. Mit der Taschenlampe leuchtete ich an das
Regal. Lauter Bücher standen da drin. Ein Buch ohne Auf-
schrift fiel mir ins Auge. Ich nahm es heraus und blättere

darin. Bei einem Datum blieben meine Augen stecken. „20. Dezember 1770"

Nun erkannte ich, dass es Lady Churchs Tagebuch ist. Das Buch schlug ich zu und nahm es mit. Auf der Suche nach dem Ring, sah ich ein verdecktes Bild. Ich nahm die Decke weg. Auf dem Bild war Granny mit Grandpa. Wie glücklich sie da war. Grandpa saß am Klavier und Grandma hatte eine Petticoat Kleid an. Voll in die 60er Jahre versetzt. Einige Jahre waren sie da jünger.

„Psst!", machte Julia.

„Ja."

„Schau mal."

Ich ging zu ihr.

„Was hast du da."

Julia stand am Klavier.

„Hier geht eine Taste nicht."

„Woher weißt du das?"

„Ich habe gerade auf die gedrückt."

„Komisch."

„Schau mal in den Flügel."

„Halt mal."

Julia nahm das Buch sowie die Taschenlampe und leuchtete mir rein. Ich griff rein und spürte etwas Hartes. Das Harte zog ich raus. Es war ein Kästchen. Ich öffnete es. Darin war Grandpas Ring.

„Yes. Julia."

„Was?"

„Es ist der Ring."

„Mach nicht so laut."

„Ohoh."

Ich hörte eine Tür, die ins Schloss fiel.

„Schnell raus hier."

Wir schlichen uns so schnell wie möglich raus. Ich schloss noch schnell die Tür ab und legte den Schlüssel zurück in die Wanduhr, während Julia schon in mein Zimmer lief. Auf dem Weg holte ich Julia ein. Plötzlich ging das Licht an.

„Was macht ihr da?", fragte Granny.

Mist. Schnell versteckten wir alles hinter dem Rücken.

„Nichts. Wir konnten nur nicht schlafen und haben etwas aus dem Wohnzimmer geholt was wir vergessen hatten.", gab Julia zur Antwort.

„Wirklich?"

„Ja."

„Na gut dann geht wieder schlafen. Morgen ist Schule." Granny löschte das Licht wieder und verschwand wieder in ihrem Schlafzimmer.

„Puh. Das war aber knapp."

„Wenigstens haben wir den Ring, Romy."

„Ja."

„Was ist das eigentlich?"

„Das ist das Tagebuch von Lady Church. Da steht etwas über die Hochzeit drin."

„Okay. Dann kannst du raus finden, was auf der Hochzeit passiert ist."

„Bingo! Geh jetzt in dein Zimmer und schlaf. Danke!"

„Mach ich. Gute Nacht."

„Gute Nacht!"

Ich ging in mein Zimmer und legte alles in meine Schultasche. Puh. Wenigstens ist der Ring hier und das Tagebuch
hilft uns sicher weiter.

„Und jetzt üben wir in Ohnmacht fallen.", sprach Mrs
Gigi.
Der 18. Jahrhundert Unterricht bei Mrs Gigi ist großartig,
aber für uns drei sehr ungewohnt, obwohl Prisella und ich
schon auf einer Soiree waren. Naja. Ich war noch etwas
müde, da ich noch den Tagebucheintrag von Lady Church
gelesen hatte.
„Das machten die Frauen damals, wenn sie etwas nicht
sehen wollten oder es schrecklich war."
Irgendwie doch nicht so müde, denn ich probierte es
gleich aus und ließ mich einfach fallen auf den Boden.
„Genauso."
„Romy. Du hättest nicht anfangen müssen.", rief Pia.
„Wieso nicht? Außerdem habt ihr gesagt ich soll das
Machen auf der Hochzeit, um die Bande rein zu legen."
„Welche Bande?", fragte Mrs. Gigi.
„Na super, Romy. Du verrätst dich gleich selbst.", rief
Prisella.
„Nö. Wieso?"
„Du bist einfach…"
„Prisella, ich bitte dich. Romana gib mir jetzt bitte eine
Antwort auf meine Frage. Um welche Bande handelt es
sich?"
„Siehst du."
Ich musste nur mit dem Kopf schütteln als Prisella so
zickte.

127

„Mrs Gigi diese Bande will mich kidnappen, da ich ein Familiengeheimnis geerbt habe. Deswegen brauchten wir Ihre Hilfe. Weil wir am Montag auf die Hochzeit im 18. Jahrhundert gehen während des Unterrichts, um die Bande zu entlarven, da dort ein Familienmitglied ermordet werden soll."

„Das hört sich schlimm an. Wisst ihr was. Ich helfe euch am Montag und versuche möglichst alle von euch fern zu halten."

Wir sahen Mrs Gigi mit großen Augen an.

„Sie können ja mit Mrs Turner sich zusammen tun, da sie auch hilft.", sprach Pia.

„Im Ernst?"

Wir nickten.

Mrs Gigi sah auf ihre Uhr.

„Also. Geht jetzt nach Hause. Ihr könnt sehr gut, dass Ganze für das 18. Jahrhundert. Wir werden uns am Montag nochmal vor der 1. Stunde treffen."

„Ja. Das ist doch gut.", gab ich darauf.

Wenn Prisella und Pia wüssten, dass Tina mitkommt. Ich möchte gerne ihre Gesichter sehen am Montag. Mit einem Nicken verabschiedeten sich Prisella und Pia von Mrs Gigi. Ich flüsterte während Prisella und Pia aus dem Klassenzimmer gingen, zu Mrs Gigi:

„Danke! Bitte behalten Sie es für sich."

„Mach ich!", gab sie darauf und lächelte nur.

Am Nachmittag bei Mileys Kleidersalon probierten wir die Kleider an, die ziemlich anders aus sahen wie das letzte Mal.

„Wie gefallen sie euch?", fragte Miley.

„Sehr gut.", gab Pia zur Antwort.

Ich kam mir vor wie eine Praline mit Sahnehäubchen. Die Perücke auf meinen Kopf sieht aus wie ein Sahnehäubchen. Und die Schuhe? Naja. Ist ja der Stil des 18.Jahrhunderts. Wie heißt diese Zeit nochmal? Genau. Barock. Ganz eine komische Zeit. Die klassische Musik erst. Gut. Damals Mode. Heute ist ja Rock, Pop und so weiter modern.

„Romy wie gefällt es dir?" fragte Miley.

„Sehr gut."

„Gut. Dann könnt ihr mir ja die Kleider im Laufe der nächsten Woche wieder bringen."

„Tipp Top. Ziehen wir uns wieder um. Romy geht's?" Prisella riss mich aus meinen Gedanken.

„Ja." Pia und Prisella hoben nur eine Augenbraue. Dann zogen wir uns um.

Genliste

Jedes Gen hat einen Ring zum Reisen sowie jeder einen anderen Stein und das die Ringe zusammen passen. Das spezielle an den Canberras ist sie haben blaue Augen und blonde Haare. Hauptsächlich haben mehr Frauen als Männer das Gen. Alle hundert Jahre kommt es einmal vor das zwei im selben Jahr geborene Kinder beide ein Gen haben. Das Gen wird alle 16 Jahre weiter gegeben. Bis jetzt sind die letzten beiden Gens die im Jahr 1998 geboren wurden.

Name	Geboren	Farbe des Steines
Louise Marie von Preußen	1726	weiß
Elisabeth Tiger	1742	bernsteingelb
Ludowika Whitemiller	1758	dunkelblau
Eleonore	1774	hellgrün
Maximilian Church	1790	schwarz
Antoinette Church	1806	rotbraun
Anne Canberra	1838	gelb
Ludwig Canberra	1838	gelb
Henry Canberra	1854	grau
Louisa Payper	1870	silber
Wilhelm Canberra	1886	violett
Viktoria	1902	orange
Liana Tiber	1918	rot
Fritz Canberra	1934	dunkelgrün
Jane Turner	1950	türkis
Tina Lion	1966	lila
Tina Dolphin	1982	hellblau
Romana Canberra	1998	rosa
Pia Lion	1998	rosa

Kapitel 11
Eine Hochzeit mit Überraschungen

Am Montag trafen sich Granny, Julia, Nil und ich mit Pia, Prisella, Jane, Roger und Mrs Turner vor der Schule. Sophie konnte leider nicht kommen, da sie ja unterrichten muss. Wir besprachen noch alles.

„Also. Wisst ihr alle noch eure Posten?"

Alle nickten.

„Jetzt gehen Prisella, Pia und ich noch schnell zu Mrs Gigi. Granny dann kommst du während der 1.Stunde und wartest auf der Mädchentoilette. Wir drei versuchen zu flüchten. Julia, Nil und Mrs Turner ihr haltet Mrs Pruse auf. Jane, Roger und Granny ihr versucht den Mann abzulenken."

„Ich hab den Mann schon geschichtet.", redete Jane.

„Gut."

Von weitem sah ich Mr Matterl.

„Dann auf eure Posten.", flüsterte ich allen zu.

Pia, Prisella und ich liefen postwendend in die Schule sowie Julia, Nil und Mrs Pruse. Mr Matterl muss gerade nicht wissen was wir vorhaben. Im Lehrerzimmer wartete Mrs Gigi schon auf uns. Sie ging mit uns in einen Raum in der Nähe des Lehrerzimmers.

„So, nun gehen wir nochmal alles durch. Was macht man, wenn man etwas nicht sehen will?"

„In Ohnmacht fallen.", gaben wir drei gleichzeitig zur Antwort.

„Welche Dinge sollt ihr nicht tun?"

„Nicht Dinge erwähnen die es im 18. Jahrhundert nicht

gibt.", rief Pia.

„Gut. Ihr seid vorbereitet. Wann geht ihr?"

„Während der 1. Stunde versuchen wir zu flüchten. Sie können Julia, Nil und Mrs Turner helfen Mrs Pruse ab zu lenken."

„Das mach ich. Nun geht in euer Klassenzimmer ihr Mädchen des 18. Jahrhunderts."

Wir nickten.

Im Klassenzimmer war der reinste Trubel, als Prisella, Pia und ich ins Klassenzimmer kamen. Wir setzten uns auf unsre Plätze. Wann soll ich es Pia und Prisella sagen, dass wir vorher noch zu Tina gehen. Ich wollte gerade reden, als Mrs Pruse ins Klassenzimmer kam. Gut. Dann sag ich es ihnen, bevor wir Zeitreisen. Mrs Pruse fing mit dem Unterricht an. Während sie durch ging und kontrollierte ob jeder die Hausaufgabe hatte, sah ich auf die Uhr. 7.41.- Nachdem sie bei uns vorbei war, flüsterte Pia:

„Gehen wir."

Prisella und ich nickten.

Wir standen auf.

Mrs Pruse merkte dies.

„Wo wollt ihr hin?", fragte sie.

„Los!", rief Prisella und wir rannten aus dem Klassenzimmer.

Auf dem Weg zu den Toiletten trafen wir Julia an der ersten Ecke. Ich gab ihr ein Zeichen und Julia nahm ihr Handy. Mrs Pruse folgte uns tatsächlich. Ein paar Minuten später war sie schon bei Julia. Wir kamen noch an Mrs Turner, Nil, Mrs Gigi sowie Mr. Matterl vorbei.

„Seid ihr auf der Flucht?"

Wir nickten nur und rannten weiter. Ich hörte ihn nur sagen.

„Gut. Dann lenke ich Mrs Pruse ab.“

Völlig außer Atem kamen wir in den Toiletten an. Granny hielt uns schon die Kleider entgegen und half uns beim Anlegen sowie beim Schminken. Als wir fertig waren, kam Sophie in die Toilette.

„Was machst du hier?“, fragte ich.

„Ich mach mir Sorgen und will nicht das du ohne mich dahin gehst.“, antwortete Sophie völlig außer Atem.

„Sophie, du kannst nicht mit kommen.“

„Romy, es wäre vielleicht besser, wenn sie mit kommt.“, gab Pia darauf.

Ich schluckte und überlegte. Vielleicht ist es auch besser, wenn Sophie mitkommt, denn es könnte ja etwas schief gehen. Doch wie hat sie es geschafft hier zu sein.

„Wer von euch beiden bleibt freiwillig hier?“

„Ich hatte keine Lust mehr auf das Ganze. Außerdem kann ich in der Zwischenzeit Miss Pinky auf den Zahn füllen.“

„Shit. Die hatte ich total vergessen.“

„Danke, dass du mich erlöst. Beste Freundin von meiner Mum.“

„Katie ist deine Mum.“

„Jup.“

„Ihr sollte nicht so viel, sondern euch beeilen.“, griff jetzt Granny ein.

„Also los.“

Sophie und Prisella tauschten in den Toiletten das Kleid
etc. aus. In 5 Minuten war Sophie fertig für das 18.Jahr-
hundert.

„So wir können."

„Ja, aber davor müssen wir noch einen kurzen
Abstecher machen ins Jahr 1997. Ihr müsst euch mich
vorstellen."

„Romy!"

„Sophie weiß sicher wen ich meine."

„Tina."

„Bingo."

„Macht jetzt einfach.", sprach Granny.

„Ich bin mal bei Miss Pinky. Bis später.", sagte Prisella
und verließ die Toilette.

„Dann geh ich auf meinen Posten. Meldet euch, wenn
ihr wieder da seid."

„Okay."

Granny verließ die Toilette.

„Wer ist eigentlich Tina?"

„Wirst du gleich sehen."

„Ihr beide macht es echt spannend."

„Bereit?"

Sophie und Pia nickten. Ich drückte auf meinen Ring.

„Romana, wie lautet dein Passwort?"

Pia gab links die Hand und Sophie rechts.

„Durch Raum und Zeit zu reisen ist nicht schwer, denn
durch das Zeitreisen ist die Macht gegeben."

Wir lösten uns mit einem rosanen Strahl in Luft auf. Tina
wartete schon, als wir landeten.

„Hallo Tina!", begrüßte Sophie sie.

„Miss Bauer was machen Sie denn hier?"

„Keine Zeit für eine Erklärung."

„Wie könnt ihr gleich aussehen?", fragte Pia.

„Lange Geschichte. Das ist Tina. Sie wird uns zu
Hochzeit begleiten. Tina. Das ist Pia."

„Freut mich dich kennen zu lernen. Romy hat schon
viel von dir erzählt. Wolltest du nicht Prisella mit
 bringen?"

„Es gab eine Plan Änderung."

„Ok. Also. Wir bilden Teams. Miss Bauer und Romy ihr
seid ein Team sowie Pia und ich. Pia und Miss Bauer ihr
tauscht zwischen drin immer wieder, dass es nicht
auffällt."

Pia und Sophie nickten.

„Wäre es nicht besser, wenn ich, entscheide wann wir
tauschen."

„Wenn Sie das wollen Miss Bauer."

„Irgendwie ungewohnt, dass ich Miss Bauer wieder
genannt werde. Du kannst zu mir Sophie sagen."

„Ok."

Sophie strengte sich an bei Tina. Gut. Sie ist ihre Tochter,
aber sie sagte ihr nichts davon.

„So weiter beim Plan. Davor müssen wir noch zu Lady
Tiger. Lady Tiger und ich müssen Ringe tauschen. Tina
und ich werden die Ringe auch immer wieder tauschen,
dass es nicht auffällt. Ab und zu werden wir von Lady
Church sowie Lord Church beschattet. Also Tina und
ich. Ihr beide gebt euch als Gäste aus."

„Machen wir."

„Reisen wir."

„Moment was ist dein Passwort?"

„Das gleiche wie Romys, Pia."

„Ihr seid wirklich euch sehr ähnlich.", bemerkte Sophie.

Tina und ich lächelten und Tina drückte auf ihren Ring.

„Tina, wie lautet dein Passwort?"

Wir hielten uns wie vorher an den Händen. Pia an Tinas sowie ich und Sophie bei mir. Mit einem blauen Strahl lösten wir uns in Luft auf.

Im Jahr 1770, genauer am 20.12.1770, landeten wir ein paar Meter vor einer Menschenmenge. Schlau. Wieso ausgerechnet vor der Menge? Aber anscheinend hat keiner uns gemerkt.

„Woran erkennen wir Lady Tiger?", fragte Pia.

„An einem gelb- goldenen Ring.", flüsterte ich ihr zu.

„So wie der da vorne.", sprach Sophie.

Tina lachte fast. Die Frau hatte ein beige, goldenes Kleid mit Blumenmuster drauf an. Sie trug wirklich einen Ring mit einem gelben, goldigen Stein an der Hand.

„Das ist Lady Tiger. Los.", redete ich.

Wir liefen zu Lady Tiger.

„Entschuldigen Sie.", sprach ich.

„Ja.", gab Lady Tiger drauf und dreht sich um.

„Wir würden gerne mit Ihnen reden. Am besten woanders."

„Wer seid Ihr?"

„Erklär ich Ihnen gleich. Würden Sie mitkommen. Wegen dem hier."

Ich zeigte ihr meinen Ring. Dann nickte sie und kam mit. Wir gingen an einen Straßenrand, wo keiner stand.

„Wegen was wollen Sie mit mir reden?"

„Sie haben ein Gen."

„Ja, um was geht es?"

„Tina und ich haben auch eins und sind aus der
Zukunft. Wir wollen Ihnen helfen, nachdem eine Bande
es auf uns Gens abgesehen hat."

„Sind Sie sich sicher?"

„Ja. Unser Plan ist, dass wir die Ringe tauschen. Tina
und ich können die Bande täuschen da wir gleich
 aussehen und Sie dabei schützen."

„Das ist doch unmöglich."

„Vertrauen Sie uns?"

„Na gut. Hier ist mein Ring."

Lady Tiger gab mir ihren Ring und ich ihr meinen.

„Darf ich noch Fragen, wer Sie sind?"

„Ich bin Ihr Ururururenkel Romana Canberra."

„Ich fühle mich geehrt noch ein paar Gens kennen zu
lernen."

„Am Ende bekommen Sie Ihren Ring wieder."

„Ist gut. Nun jetzt zurück zu den Gästen. Die Hochzeit
fängt bald an."

„Sicherlich. Gehen wir."

Wir liefen zurück. Bei der Menschenmenge teilten wir uns
auf. Die Menge lief in die Kirche. Die Kirche war groß. Das
Schiff war sehr groß. Bei so vielen Leuten hatte die Kirche
viel Platz. Vorne am Altar wartete Leopold Porre. Ich sah
auch Lady und Lord Porre in der 2 Bankreihe sitzen. Lady
Church bemerkte mich.

„Lady Tiger, gilt es jetzt?"

„Ja. Ab jetzt."

„Rutschen Sie noch ein Stück."

Sophie stupste ich an und diese rutschte ein Stück. Dass sie sich so Sorgen macht, find ich gut und mir ist es auch wohler mit ihr. Lady und Lord Church setzten sich neben mich. Pia und Tina waren ein wenig weiter hinten. Tina und ich hatten nicht nur dasselbe Aussehen, sondern auch dasselbe Kleid an und dieselbe Frisur. Perfekte Tarnung. Als die Orgel erklang, kam Miss Mary Jane mit Kindern an der Seite rein. Die Schleppe hielten zwei Frauen. Miss Mary Jane hatte ein weißes, zartrosanes Kleid mit Verzierung an. Nachdem Miss Mary Jane vorne bei Leopold war fing die Zeremonie an. Die Zeremonie dauerte ca. 1 ½ Stunden, laut meiner Zeitmessung. Das Brautpaar lief am Ende der Zeremonie raus und die Leute folgten. Vor der Kirche warfen die Kinder Rosenblätter um das Brautpaar. Ich aber wurde am Ausgang von einem Mann attackiert. Was will der Typ von mir? Sophie und ich sahen uns an.

„Soll ich der Dame helfen?", fragte mich dieser.

„Nein, danke es geht schon.", gab ich zur Antwort und lief an ihm vorbei.

Mir fiel auf, dass der Mann zu einem anderen Mann lief. Selbst Sophie war das Spanisch.

„Irgendwas stimmt hier nicht.", flüsterte mir Sophie zu.

„Ich bleib bei dir."

Es wurde mir etwas klar, ist es das, wovon Granny sprach und grauste mich nur daran zu denken. Also liefen wir weiter. Von den ganzen Vorstellungen bekam ich nicht mit, dass auf einmal wieder ein Mann bei mir war.

„Will mich die Dame begleiten?"

„Nein."

Der Mann zog mich am Arm.

„Lassen Sie mich los."

„Sie kommen mit mir mit.", befahl der Mann.

„Nein."

Sophie mischte sich ein.

„Sie lassen jetzt gefälligst diese Lady los, sonst
bekommen Sie Ärger."

Nun bemerkte ich, dass Lady Church und Lord Church
gar nicht uns gefolgt waren oder sind sie Tina und Pia gefolgt.

„Wer gibt Ihnen das Recht, über diese Lady zu
bestimmen."

„Ich bin ihre…" Sophie sah mich an und kniff auf ihre
Lippe., „Zofe."

„Was hat schon eine billige Zofe zum Sagen. Nichts.
Weil sie nichts zu melden haben."

In Sophie stieg Wut auf. Romy du musst dir etwas einfallen lassen, sprach eine Stimme bei mir im Kopf. Was sagte
nochmal Mrs Gigi. Genau. Der Mann wurde aggressiver.

„Wenn Sie jetzt nicht verschwinden und mich mit der
Dame in Ruhe lassen, dann spüren Sie meinen Degen."

Sophie schluckte. In dem Moment machte ich ein Schluchzen und fiel in Ohnmacht. Wie kann man nur so doof sein
und in die Falle laufen? Der Mann fing mich nicht auf,
sondern ließ mich zu Boden fallen, aber ich hörte was er
mit Sophie sprach.

„Jetzt sind Sie fällig."

Er zog seinen Degen raus.

„Sie können mir nicht drohen, denn die Lady und ich
werden beschützt. Darum habe ich keine Angst vor

Ihnen. Stecken Sie Ihren Degen wieder ein."

Der Mann lachte. Eine gruslige Lache. Diese Lache hörte sich an, wie bei dem Mörder von Grandpa. Oh nein. Ist der Mann der Mörder von Lady Tiger?

„Es wird Ihnen niemand helfen. Denn jetzt stirb der Dämon mit ihrer Zofe."

„Nein. Dies werden Sie nicht tun."

Ein klein wenig öffnete ich meine Augen. Sophie stand vor mir. Doch der Mann schubste Sophie weg. Sofort schloss ich meine Augen. Ich spürte schon die Degenspitze über mir. Hoffentlich funktioniert der Trick. Sophie war wieder neben. Trotzdem stupste ich Sophie, um ihr ein Zeichen zu geben, dass ich alles höre oder mitbekomme. Sie merkte es denn sie entgegnete dem Mann: „Gut. Sie wollen uns beide ermorden, dann viel Spaß." Sophie ließ einen lauten Schrei von sich.

„Die hören euch nicht. Bevor sie kommen sterbt ihr jammervoll."

Mir stockte der Atem. Ich öffnete die Augen und sah den Degen. Okay. Sei mutig. Der kann dir eh nichts an tun. Ich wich dem Degen aus und stand auf.

„Sie werden hier niemand ermorden.", sprach ich.

„Ach ja."

Er bohrte mir den Degen unter die Rippe und ich hielt die Hände dort hin. Na toll. Nicht mal wehren konnte ich mich. Blut war an meinen Händen. Ich sah den Mann. Sophie kam zu mir.

„Nein. Was haben Sie getan?", rief Sophie.

„Und jetzt zu Ihnen?"

Bevor er zu stoßen konnte, bekam er von Tina eine über
die Mütze.

„Es hat sich aus gemordet.", sprach Tina.

Mit Tina kam Pia, Lady Tiger, Lady und Lord Church.
Ich fiel zurück und tat so als würde mich diese Stelle
schmerzen. Sophie kniete sich neben mich und heulte fast.

„Romy halt durch. Wir gehen jetzt nach Hause. Ok. Ihr
müsst die Ringe tauschen."

Schnell tauschten Lady Tiger und Tina die Ringe.

„Ich bin euch zu einem Dank verpflichtet, weil ihr mir
gerade, dass Leben geredet habt. Und der Mann kommt
in den Kerger."

Es wurde mir jetzt doch schwindlig und schwarz vor den
Augen. Das einzige was ich hörte war, als Sophie flüsterte:

„Ketchup."

Danach hörte ich nichts mehr.

Kapitel 12
Die Ringe und Miss Pinky verliert

Als ich die Augen öffnete, sah ich vor mir Sophie. Dann hörte ich Stimmen.

„Wär Romy in Ohnmacht geblieben wäre nichts passiert. Nein."

„Sophie, warum hast du sie nicht davon abgehalten."

„Pia, wieso wart ihr woanders?"

„Ach so das was das Problem. Dafür haben wir Lady Tigers Leben gerettet."

„Pia es kann niemand etwas dafür. Außerdem hat sie es gut gemacht."

Diese Stimme war von Mrs Gigi. Momentmal sind wir wieder in der Schule.

„Hört auf zu Streiten.", sprach ich.

„Romy, du…"

Alle sagten dies. Nun sah ich das Granny, Julia, Nil, Mrs Turner, Jane, Roger und Mr Matterl auch da sind.

„Ich hab Tina gebeten uns zu helfen. Wir beide könne alle reinlegen. Außerdem das Blut war gefälscht. Julia danke für das Ketchup. Nur Sophie hat es in letzter Minute gemerkt.", redete ich und sah dabei Sophie an, aber alle sahen mich mit großen Augen an. , „Tina hatte auch sowas. Und wisst ihr eine Canberra gibt nicht auf."

„Romy du hast uns damit reingelegt?"

„Ja, Pia. Denn Julia und ich haben dank Grannys Vision den Mörder ausgetrickst und Lady Churchs Tagebuch hat uns auch geholfen. So bin ich am Wochenende noch

zu Tina und hab ihr das Aussehen des Kleides sowie
das künstliche Blut gebracht. Sie hat mir dafür dann alle
Gens auf eine Liste geschrieben. So haben wir viele
Gens ausfindig gemacht."
„Das ist mein Enkel.", sprach Granny.
„Aber ohne meine tollen Freundinnen, Familie und
Lehrer hätte ich es nicht geschafft."
Ich sah dabei Lucas an.
„Romy."
„Ja."
„Tina war dabei."
„Ja."
Dann sah ich Sophie an.
„Außerdem wollte ich nicht, dass du dir Sorgen machst.
Es wäre besser Pia, Prisella und ich gehen ins
Klassenzimmer, denn das Abenteuer 18.Jahrhundert ist
beendet. Mission ist erfüllt. Lady Tiger ist gerettet."
Ich stand auf.
„Kommt ihr mit oder wollt ihr hier stehen bleiben."
„Romy du bist so raffinert. Das musst du wohl von
 deinem Dad haben.", sprach Sophie.
„Apropos. Was ist mit der Versöhnung mit Sam?"
„Romana!"
„Ja. Sophie und ich müssen noch etwas besprechen. Ihr
könnt gehen alle gehen. Mrs Pruse vermisst uns
sicherlich schon, oder?"
Alle grinsten schon.
„Dann geh ich mal. Hat mich gefreut dich wieder zu
sehen, Sophie."
„Mich auch, Gigi."

Die beiden kennen sich. Woher aber? Genau. Von der vorherigen Schule. Mrs Gigi und die anderen gingen außer Lucas.

„Sam hat dich nie betrogen. Eine Versöhnung wäre sinnvoll.“

„Lucas!“

Ich grinste: „Tja. Ihr habt beide ein Problem.“

„Und welches?“, fragte Lucas.

„Wer sich unter der Linde küsst, diese Liebe hält für immer. Bei dir fehlt Tina, aber Sophie du bist fällig.“

„Ne, oder?“

„Doch. Haha. Sophie und Sam lieben sich immer noch. Ich geh dann mal ins Klassenzimmer. Bye Bye.“, sagte ich, verließ das Zimmer und hörte noch was die beiden sagten.

„Shit. An diese Linde hab ich nicht mehr gedacht.“, entfuhr es Sophie.

„Ich auch nicht mehr. Wir sind verdammt.“

„Ja, leider.“

Im Wohnzimmer hatten wir es uns gemütlich gemacht und einfach nur uns erholen. Also Sophie und ich von unserem Abenteuer im 18.Jahrhundert. „Also ich muss schon sagen, du bist schlau. Woher hattest du all diese Informationen?“, sprach Sophie.

„Von Sam. Er hat mir vieles erzählt. Aber eines hat er mir immer noch nicht erzählt. Was ist denn zwischen euch beiden noch?“

„Auweh!“, rief Julia.

Nil grinste nur.

Sophie verschluckte sich an ihrem Tee.

„Es ist doch besser wir stoßen auf ein erfolgreiches Abenteuer an.", sprach Granny.

Alle nickten bloß. Granny hob ihre Tasse sowie Julia, Nil, Sophie und ich und nahmen einen Schluck.

„Willst du es mir nicht sagen? Du weißt schon. Die Linde."

„Wieso sollt ich?", sprach Sophie.

„Ich bekomme es raus verlass dich drauf."

„Na warte, Romy." Sie stellte ihre Tasse auf den Tisch.

„Fang mich doch, wenn du kannst?" Ich rannte schon aus dem Wohnzimmer und Sophie hinter her.

„Ich kriege dich."

„Ach ja. Kannst du mir überhaupt folgen?", rief ich von der Stiege herab. Ich drückte auf meinen Ring.

„Romana, wie lautet dein Passwort?"

„Durch Raum und Zeit zu reisen ist nicht schwer, denn durch das Zeitreisen ist die Macht gegeben."

Sophie packte mich am Arm und wir beide lösten uns mit einem rosanen Strahl in Luft auf.

„Du bist ein Luder.", sprach sie, als wir in der Vergangenheit landeten im Park. Unter der Linde stand ein Pärchen.

„Siehst du das?"

Ich zeigte auf die Linde.

„Das bin ja ich."

„Siehst du ich finde doch alles raus. Daneben ist Sam. Stimmts?"

„Ja."

145

Sie sah Sam an mit einem verliebten Blick.

„Du liebst ihn immer noch?"

Sie nickte. Endlich gibt sie es zu. War ja ein ewiges Warten auf diese Geständnis.

„Könnten wir dann noch zu Tina, wenn du fertig bist mit Flirten?"

Sie sah mich an. „Warum?"

„Zu Hause kannst du mit ihm dann flirten. Komm einfach mit."

„Gut."

Sie folgte mir. Bei der Haustür klingelte ich. Ein Mann öffnete die Tür.

„Guten Tag!"

„Wir beide wollen zu Tina"

„Sophie?"

Sophie nickte. Bevor eine große Fragerei anfängt sprach ich: „Entschuldigen Sie, Mr. Dolphin wir wollen zu Tina."

„Ja. Kommt rein. Ich hol sie."

Nachdem er ging, fragte mich Sophie: „Woher kennt der meinen Namen?"

„Außerdem ist es Hillarys Freund."

„Oh ja stimmt. Wo ist Hillary?"

„Keine Ahnung!"

„Du…"

Tina kam.

„Romy hast du hast es überlebt."

„Ja."

Sophie sah uns an. „Warum könnt ihr aussehen wie Zwillinge?"

„Das ist ein Geheimnis.", gab ich zur Antwort.

„Wollt ihr in mein Zimmer kommen, denn mein Dad
lauscht gerne?"
„Gut Tina."
In Tinas Zimmer war es ruhig und keiner störte uns.
„Im übrigen Romy. Lady Tiger bedankt sich sehr bei dir
nachdem du ihr das Leben gerettet hast."
„Das freut mich."
„Probleme in der Zukunft?"
„Nein."
„Wegen was bist du dann hier?"
„Wegen ihr?"
„Im Ernst."
Ich nickte.
„Romy."
„Ja, Sophie."
„Was habt ihr euch ausgedacht?"
„Nichts."
Sophie sah Tina an.
„Nichts. Sie haben sich nicht verändert. Was ist mit
ihr?"
Ich flüsterte: „Ich hab gerade raus gefunden, dass sie
Sam immer noch liebt. Könntest du mir helfen? Wir
müssen die beiden wieder zusammen bringen."
„Sicherlich, Schwester."
Sophie sah Tina ganz komisch an. „Momentmal. Du
weißt, dass ich deine Mutter bin."
„Ja."
Ich habe ihr doch gar nichts gesagt. Ist Tina wahrschein-
lich selbst drauf gekommen.

„Ich…“

„Du brauchst mir nichts mehr erklären. Ich weiß alles.“

„Hillary?“, fragte ich.

Tina schüttelte den Kopf.

„Katie?“

„Nein. Das ihr hier.“, sagte sie und mit viel Schwung hob sie ihre Hand, doch der Ring fiel von ihrer Hand. Ich versuchte ihn auf zu fangen, doch zufälliger weise fiel mein Ring auch auf den Boden.

„Ups.“, rief Tina.

„Warte ich heb sie auf.“

Ich bückte mich und sah die Ringe genau an. Momentmal. Die passen zusammen.

„Tina.“

„Ja.“

„Guck mal.“

Ich steckte die Ringe zusammen.

„Das ist nicht möglich.“

„Doch.“

„Was passiert, wenn alle zusammen sind?“

„Keine Ahnung! Sophie?“

Sophie zuckte mit den Schultern.

„Das müssen wir raus finden.“

„Genau.“

„Mit der Liste können wir jeden Ring finden.“

„Bingo.“

„Wollen wir es zusammen machen?“

Ich nickte.

„Romy, was ist mit mir?“

„Was soll mit dir sein, Sophie?“

„Du bist in Gefahr. Schon vergessen. Wir sollten wieder
zurück. Bevor sich Granny noch Sorgen macht."

„Okay, Mum. Willst du uns helfen?"

„Na ja, wenn ihr Hilfe braucht. Gern."

„Gut. Springt zurück. Hier dein Ring."

„Danke!"

„Ach so ihr braucht meinen Ring auch."

„Ja. Willst du nicht auch nach die Ringe suchen?"

„Nein. Hier."

Ich nahm ihren Ring.

„Tina!"

„Ja."

„In der Zukunft kann ich dich leider nicht mehr sehen
und für dich da sein. Komm mal her.", sagte Sophie
und umarmte Tina.

Wow! Das kenne ich gar nicht von Sophie. Tina war
sprachlos. Es tut mir irgendwie leid für Tina und Sophie,
dass Sophie nie Tina groß ziehen konnte.

„Emmh. Wolltest du nicht zurück?"

„Ja." Sophie kam zu mir und wischte sich eine Träne
weg. „Mach's gut."

Tina rollte eine Träne über die Wange. Ich drückte auf den
Stein und nahm Sophies Hand. Wenige Sekunden später
waren wir wieder im Jahr 2014.

„Was war das denn?"

„Ich wollte dich testen."

„Romy."

„Ja."

„Ich helfe dir, aber dafür möchte ich öfters Tina sehen.
Was da passiert ist wegen Tina möchte ich gerne

wissen."

„Das können wir machen, wenn du das willst."

Eigentlich weiß ich es ja, aber ich lass sie zappeln.

„Romy, du brauchst es mir nicht mehr sagen. Hillary hat mir alles erzählt."

„Oh. Hast du gerade meine Gedanke gelesen."

„Vielleicht. Es war eine Retourkutsche, wegen dem Versöhnen."

„Ah. Pass auf. Nicht das du morgen noch vor Sam stehst. "

„Ach ja."

„Ich mach das jetzt im Ernst. Ein Anruf genügt bei ihm."

„Nein. Hör jetzt auf. Lass uns ins Wohnzimmer."

Sie kann so stur sein, wenn es um Sam geht. Ich nickte. Als wir im Wohnzimmer ankamen, fragte Julia:

„Und hast du von ihr eine…"

„Nein. Dafür weiß ich etwas wegen Sam.", flüsterte ich ihr zu.

Sie machte nur Daumen hoch. Den Rest des Tages redete Sophie nicht mehr mit mir. Wahrscheinlich, weil ich jetzt Sam sagen könnte, dass sie ihn noch leibt. Noch besser. Ich erzähle es Sebastian. Sofort schrieb ich ihm eine Nachricht. Bin mal gespannt was er schon weiß.

„Im Ernst?", sprach Pia.

„Ja. Die Ringe passen zusammen."

„Ein Abenteuer bis wir alle haben."

„Nein, Prisella. Es ist einfach. Pia kann den von ihrer

Mutter besorgen und du den von Mrs Turner. Den Ring
von Grandpa hab ich. Nach einer nächtlichen Aktion
mit Julia."
„Wo war er denn?"
„Im Flügel versteckt. Eine Taste ging nicht."
„Schlaues Versteck."
„Also macht ihr das?"
„Ja, aber was machst du?", fragte Prisella.
„Nachdem Tina und ich die Liste gemacht haben,
können Sophie und ich holen die restlichen aus der
 Vergangenheit."
„Schon wieder Tina."
„Ja. An sie musst du dich jetzt gewöhnen Prisella.
 Weil sie meine Schwester ist."
„Na bravo.- Weil du es bist."
„Geht doch."
„Mrs Pruse kommt."
„Könnten wir nicht mit Mrs Gigi oder mit Mrs Turner
Unterricht haben, Pia?"
„Sorry, Romy."
Der Tag kann noch lang werden. Jetzt dürfen wir sicher-
lich noch nachsitzen nach unser gestrigen Aktion.
„Guten Morgen! Nehmt eure Hefte vor. Ach ja. Bevor
ich es vergesse. Romana, Pia und Prisella kommt ihr
nach der Stunde zu mir."
Na toll. Ich sah in Violettas Richtung. Sie grinste. Steckt sie
dahinter? Mein Blick fiel zu Prisella.
„Ich dachte, du wolltest ihr auf der Zahn füllen."
„Wollt ich auch."
„Was habt ihr denn gemacht?", fragte Michelle.

151

„Welt gerettet.", gab Pia zu Antwort.

„Dafür müsst ihr nach der Stunde zu Mrs Pruse. Ich
sehe Romys Blick. Ihr schießt es an."

Pia nickte. Die ganze Stunde war so langweilig. Am liebsten wär ich abgehauen zu Tina, Sam oder zu Sophie. Aber
heute Nachmittag drücke ich mich nicht vor dem Musikunterricht. Schließlich hat er mir geholfen. Ich werde etwas
für Tina tun. Sie darf ja nicht die Zukunft erleben und mit
Lucas nicht zusammen sein. Nun helfe ich hier, nachdem
sie mir geholfen hat. Es klingelte. Endlich. Yes. Pause.

„Romana, Pia, Prisella.", sprach Mrs Pruse.

Mist! Doch noch nicht gleich in die Pause.

„Na dann viel Spaß.", sagte Michelle zu Pia.

„Mrs Pruse, was ist denn los?", fragte Pia.

„Ihr seid gestern einfach aus dem Unterricht geflohen
und seid 2 ½ h fort gewesen. Dabei haben mich ja die
Geschwister von Romy aufgehalten sowie einige
Lehrer. Violetta ist ja zu Mrs Ludder. Nun haben wir
Probleme. Was soll ich von eurer Aktion halten?"

Nein. Nein. Nein. Die tolle Miss Pinky hat uns schon wieder bei Mrs Ludder verpfiffen. Sowie Lucas und mich
schon mal. Diesmal zieh ich ihr einen Zahn. Nachdem Prisella es nicht geschafft hatte.

„Mrs Pruse reden Sie zuerst mit Mrs Turner, weil wenn
wir Ihnen die Wahrheit sagen ist das
Familiengeheimnis nicht mehr sicher."

„Wie muss ich das verstehen?"

„Romy meint, dass alles auffliegen wird von den
Canberras und sie oder wir dadurch mehr in Gefahr
sind."

„Wieso in Gefahr?“

„Reden Sie zuerst mit Mrs Turner?“

„Hat sie was damit zu tun, Pia?“

„Ja.“

„Gut. Macht Pause.“

Mrs Pruse lief aus dem Klassenzimmer.

„Wie hast du gerade mit Mrs Pruse geredet?“, fragte Prisella.

„Sie wird irgendwann das Ganze noch verstehen, aber zuerst müssen wir uns Miss Violetta vor knöpfen.“

„Romy, wie willst du das machen?“

„Passt auf!“

Violetta stand in der Ecke und lachte mit Diana. Ich ging zu ihr hin.

„Was soll das Violetta?“

„Was?“

„Du weißt ganz genau was ich meine.“

„Oh fühlt sich Romy angegriffen.“

„Nein.“

In mir stieg die Wut auf sie und Violetta lachte weiter. Ich holte mit meiner Hand aus und sie lachte nicht mehr. Sie macht nur noch ein doofes Gesicht.

„Das ist dafür, dass du uns immer in die Scheiße rein reitest und wir alles büßen müssen wegen deiner Dummheit. Oh. Tut`s weh Violetta.“

Violetta sah mich mit einem grimmigen Gesicht an. Ich ließ Violetta stehen und war gleich wieder bei Pia und Prisella.

„Hast du ihr gerade wirklich eine gegeben?“

„Ja, Prisella. Du gast es ja gestern nicht hin gekriegt.

Das wird sie sich jetzt merken."

„Wow, Romy man könnte fast neidisch werden.",
sprach Pia.

„Kommt setzten wir uns hin."

Meine Freundinnen nickten. Wenige Minuten später kam
Michelle.

„Und wie ist es gelaufen?"

„Guck mal, Violetta an.", gab Pia zu Antwort.

„Oh, haben wir da eine beleidigte Leberwurst."
Pia nickte.

„Rate mal von wem?", sprach Prisella.

„Von dir?"

„Nein. Romy."

„Im Ernst."

Beide nickten.

„Das muss gefeiert werden. Endlich bekommt sie was
auf die Finger."

„Warten wir mal bis Mrs Pruse wieder kommt. Dann
wird sie erst gucken."

Michelle lachte jetzt schon und klopfte mir auf die Schul-
ter.

„Gut gemacht, Romy."

„Danke!"

Es dauerte eine viertel Stunde bis Mrs Pruse ins Klassenzimmer wieder kam.

„Violetta du solltest bitte zu Mrs Ludder."

„Oh.", machte Michelle.

Violetta verließ das Klassenzimmer.

„Romana, Pia und Prisella ihr seid aus dem Schneider.
Mrs Turner und Mrs Gigi sowie Mr Matterl haben die

Wahrheit gesagt."

Ich sah Mrs Pruse ganz verdattert an. Was haben die drei
sich einfallen lassen.

„Wie jetzt?"

„Romy."

„Was?"

„Jetzt bekommt Violetta einen Rüffel.", gab Michelle
drauf.

„Im Ernst?"

„Ja. Erst von dir und jetzt von Mrs Ludder."

„Endlich."

„Nach dem Unterricht feiern wir.", sagte Michelle.

„Am besten bei Mr Mattel."

„Sind wir dabei.", redete Prisella.

Warum bei Mr Matterl? Na gut. Er hat geholfen. Hoffentlich kann ich bald nach Hause.

Kapitel 13
Die Gens

Zuhause half mir Julia.

„Also diese Ringe sind schon da. Wir können Fritz Canberra sowie Romana Canberra abhaken. Den Rest brauchen wir noch."

„Tina kannst du auch abhaken."

„Okay. Willst du den Ring von Tina Lion besorgen?"

„Den besorgt Pia."

„Dann den von Jane Turner."

„Das macht Prisella."

„Emmh. Dann den Ring von Liana Tiber."

„Ja. Willst du mitkommen?"

„Ne. Ich muss ja aufpassen schon vergessen."

„Ja, aber."

Die Tür ging auf.

„Hallo Romy und Julia."

„Hallo Sophie. Frag doch sie, ob sie mitkommt."

Ich schüttelte den Kopf. Was macht sie jetzt hier? Oh ja. Heute ist Dienstag. Langsam wird es zu Gewohnheit, dass sie jeden Tag fast kommt.

„Wo soll ich mitkommen?"

„Romy ist am Ringe suchen. Sie will, dass sie jemand begleitet."

„Romy ich komme mit, da ich auf dich auf passen sollte. Außerdem wollten wir die Ringe gemeinsam suchen. Aber unter einer Bedienung."

„Und die wäre?"

„Du nervst mich nicht mehr wegen Sam."

„Abgemacht.“

„Geht doch. Ich passe solange auf.“

„Wo geht es hin?“

„Zu Liana Tiber.“

„Gut.“

„Bereit?“

„Ich bin bereit.“

Ich drückte auf meinen Ring. Die Frauenstimme erklang.

„Durch Raum und Zeit zu reisen ist nicht schwer, denn
durch das Zeitreisen ist die Macht gegeben.“

Mit einem rosanen Strahl lösten sich Sophie und ich in
Luft auf. Wir landeten in einem Haus.

„Sind wir bei uns zu Hause gelandet?“, fragte Sophie.

„Keine Ahnung. Welches Jahr haben wir eigentlich?“

„Guck mal. Hier ist ein Kalender.“

„1936. Zwei Jahre ist Grandpa schon auf der Welt. Ist
Liana Tiber die Mutter?“

„Wahrscheinlich oder die Schwester.“

„Wollen wir mal das Gen suchen.“

Sophie nickte. Der Gang ist von dem Aufbau her wie bei
mir zu Hause. Nur die Möbel waren dem 30er Stil ange-
passt. In einem Zimmer sahen wir eine Frau ungefähr in
meinem Alter und eine kleines Kind. Sie spielte mit dem
Kind. Sophie klopfte. Die Frau sah uns an.

„Wer seid ihr?“, fragte diese.

„Wir wollen mit Ihnen reden. Es geht um das hier.“

Sophie hob meine Hand mit dem Ring. Seit wann über-
nimmt sie das Wort. Damit ich wahrscheinlich nichts Fal-
sches tue.

Die Frau nickte.

„Kommt rein. Wollt ihr euch setzen?"

„Ja."

„Darf ich fragen wer ihr seid?"

„Ich bin Romana Canberra und das ist Sophie Self, meine Tante."

„Was wollt ihr von mir?"

„Da du ein Gen hast sowie ich."

„Seid ihr von der Zukunft?"

„Ja."

„Aus welchem Jahr?"

„2014."

„Oh. Das sind ja knapp 80 Jahre weiter."

„Er wird mein Grandpa sein."

„Wirklich?"

„Ja."

„Wegen was wir hier sind. Wir brauchen Ihren Zeitreisering."

„Für was?"

„Die Zeitreiseringe passen zusammen. Hier ist der von Fritz."

Sie nahm den Ring und steckte ihren daran.

„Es stimmt."

„Wir brauchen den Ring. In der Zukunft rennt uns die Zeit davon. Eine Bande hat es auf mich abgesehen."

„Okay. Ich gebe ihn dir.", sprach Liana und gab mir den Ring. „Damit du sicher bist."

Der Stein hat auch eine andere Farbe. Langsam glaub ich, dass jeder Ring eine andere Farbe hat.

„Danke!"

„Mich hat es gefreut euch kennen gelernt zu haben.

Mein kleiner Bruder sicherlich auch."

„Uns hat es auch gefreut. Gehen wir!"

Sophie nickte.

„Auf Wiedersehen!"

„Auf Wiedersehen, Liana!"

Ich drückte auf meinen Ring und wir lösten uns in Luft
auf.

„Wow. Das war cool. Grandpas Schwester kennen zu
lernen.", sprach ich.

„Wenigstens haben wir den Ring."

Ich steckte Grandpas und Lianas Ring zusammen.

„Was glaubst du, was passieren wird, wenn alle
zusammen sind?"

„Keine Ahnung, Romy. Vielleicht ein Weltwunder."

„Vielleicht."

„Und?", fragte Julia, als sie rein kam. Anscheinend ist
die Luft rein. Zum Glück kein Mann dieser Bande
in Sicht.

„Wir haben ihn."

„Gut, dann kannst du ja jetzt Sophie immer
mitnehmen."

Sophie und ich sahen uns gegenseitig an. Ich denke, dass
hat Sophie sowieso vor oder wir besser gesagt.

„Nun könnt ihr das Gen besuchen, das im Jahr 1902
geboren wurde."

„Nein. Wir machen jetzt Pause.", redete Sophie.

„Hopp. Sonst ist die Bande schneller wie wir."

„Na gut, Julia.", sagte Sophie und verdrehte die Augen.

Ich nickte nur und wir reisten nochmal.

159

Die Landung war ja gut, denn wir sind mal wieder in unserem Haus gelandet. Unsere Familie muss wohl schon
seit Generationen hier drin wohnen. Welches Jahr haben
wir überhaupt?

„Sophie?"

„Du fragst mich sicherlich nach dem Jahr. So zwischen
1910 und 1920 bis 1925."

„Kann sein."

„Sag mal ist Julia immer so frech?"

„Ja, aber dafür echt clever."

„Das ist sie wirklich. So wie mit dem Ketchup Trick, wo
sie dir damit das Leben gerettet hat."

„Nicht ganz Julia. Tina hat uns beiden das Leben
gerettet."

„Du hast ja recht."

„Ich wollt dir noch was sagen. Sam ist auch Tinas Dad."

„Das hat mir Hillary nicht erzählt."

„Moment deswegen hast du mich gefragt, weil sie dir
nicht alles erzählt hatte."

„Und ich habe nach gedacht über Mary. Ich weiß jetzt,
dass sie den Unfall verursacht hatte, weil Tina dieses
Gen hatte. Doch Tina hat überlebt. Deswegen wollt sie
Tina vernichten, aber Hillary kam ihr zuvor. Ich
vermute, dass Mary zur Bande gehört."

„Ok. Mary war mal die Freundin von Granny. Granny
sagte, dass da etwas Schlimmes passiert sei."

„Jetzt weiß ich, warum sie nicht wollte, dass ich zu euch
gehe."

„Wie bist du dann aber zu Mary gekommen."

„Das weiß ich auch nicht. Find es nicht raus. Mary ist Gefahr."

„Will ich auch nicht. Einmal hat es mir gereicht im Krankenhaus 1982."

„Wenigstens bist du da vorsichtig."

An der Wand war ein Kalender.

„Deine Schätzung war gut."

„Oh. 1920."

„Dich nehme ich jetzt öfters mit."

„Wer ist eigentlich unser Gen?"

„Viktoria. Ihre Mutter ist Louisa Payper. Auch ein Gen."

„Wieso wir können gleich beide Ringe holen?"

„Gut Idee. Aber wo sind die beiden überhaupt?"

Wir suchten nach Viktoria. Im Wohnzimmer fanden wir sie.

„Guten Tag Viktoria."

„Wie seid ihr…"

„Hier mit.", gab ich darauf und zeigte meinen Ring.

„Dann haben Sie ein Gen. Was führt Sie zu mir?"

„Wegen Ihrem Ring.", antwortete Sophie.

„Den letzten Ring haben Sie. Die Ringe werden endlich zusammen getan."

Sophie und ich sahen uns an fragend, weil wir beide keine Ahnung haben.

„Hier nehmt meinen Ring."

Ich nahm ihren Ring und blickte sie verblüfft an. Sophie übernahm für mich.

„Ist Ihre Mutter auch da?"

„Ja. Ich bringe euch gleich den Ring." , sagte sie und

verließ das Wohnzimmer.

„Danke! Wer könnte es wissen über die Ringe?"

„Vielleicht Granny oder…"

„Sam."

„Wir wollten nicht über ihn reden."

Genau jetzt kam Viktoria wieder.

„Da ist der Ring. Hat mich gefreut euch kennen zu lernen. Nun geht. Wir sind in Gefahr."

Sophie drückte auf den Ring und nahm meine Hand. Ich schüttelte nur den Kopf. Danach verschwanden wir.

Pia legte mir die Ringe auf mein Pult.

„Hier der Ring meiner Mutter und der von meiner Tante. Hast du schon welche?"

„Ja. Nachdem Julia Sophie und mich den ganzen Nachmittag in die Vergangenheit geschickt hat beim Zeitreisegen, das im Jahr 1806 geboren wurde, hat Sophie abgeblockt und wollte nach Hause. Und Pia warst du erfolgreich?"

„Ja. Hier. Tue sie schnell weg, bevor noch jemand Verdacht schöpft."

Ich nickte und steckte beide Ringe in meine Schultasche.

„Die Ringe haben verschiedene Farben. Tinas ist blau, Grandpas grün, Lianas rot, Lady Tiger gelb-gold, meiner rosa und der Rest noch mehr Farben. Von hell bis dunkel. Alles dabei."

„Lustig. Aber was passiert, wenn sie zusammen sind?"

„Keine Ahnung."

„Die einzigen die es wissen könnten wären Sam oder

Fritz Canberra."

„Das könnte sein, aber niemand hat mir davon erzählt."

„Frag sie mal. Du weißt doch fragen kostet nichts."

„Danke, Pia."

„Komm konzentrieren wir uns auf den Unterricht."

„Ja."

Ich lächelte und dachte: „Ich finde immer mehr
 heraus."

Zu Hause nahm ich das Telefon.

„Nina Bill, was kann ich für Sie tun?"

„Hallo Nina. Hier ist Romana. Ist Sam da?"

„Ja."

„Hat er Zeit?"

„Für dich immer Romana. Warte schnell. Ich verbinde."

Ich wartete nur kurz.

„Sam Anderson am Apparat. Was kann ich für Sie
tun?"

„Am anderen Ende der Leitung ist Romana Canberra.
Hätte Mr Anderson kurz Zeit?"

„Selbst verständlich, Miss Canberra. Um was geht es?"

„Auf der Hochzeit im 18.Jahrhundert hat alles
 funktioniert."

„Lady Tiger hat überlebt."

„Das hört sich gut an."

„Nun haben Sophie und ich raus gefunden, dass die
Ringe zusammen passen. Was passiert, wenn die Ringe
alle zusammen sind?"

„Man sagt es geschieht etwas wunderbares. Wie ein
Wunder."

163

„Okay. Und was?"

„ Finde es selbst raus. Was das Wunder ist."

„Danke!"

„Ich wusste, ich kann mich auf dich verlassen."

„Freut mich."

„Geht es dir gut?"

„Ja. Nach dieser Aktion schon."

„Nach welcher Aktion?"

„Ich habe Violetta eine gewischt. Der Rest der Klasse hat sich darüber gefreut. Nachdem sie dann noch von Mrs Ludder auch noch eine Drüber bekommen."

„Oh. Muss dich loben. Mein Mädchen kann was."

„Du meinst deine Mädchen."

Da musste er lachen.

„Könntest du mir einen Gefallen tun, Dad?"

„Sag."

„Vertrag dich mit Sophie. Den Rest klären wir später. Also dann, Bye."

Ich legte auf, ohne auf die Reaktion von Sam zu warten.

„Mit wem hast du gerade telefoniert?", fragte Julia.

„Mit Dad."

„Lass mich raten du hast Sam gesagt, er soll sich mit Sophie vertragen."

„Sebastian und ich wollen die beiden wieder zusammen bringen."

„Das kann noch lustig werden."

„Genau. Kannst du mir sagen, was etwas Wunderbares ist wie ein Wunder?"

Julia zuckte mit den Schultern.

„Gut, dann fragen wir mal Granny. Komm mit."

Wir fanden Granny in der Küche.

„Granny hättest du kurz Zeit."

„Ja mein Kind. Um was geht es?"

„Granny kannst du mir sagen, was etwas Wunderbares
ist wie ein Wunder?"

„Glück, Frieden oder Liebe."

„Wirklich?"

„Ja. Wenn man diese drei Worte zusammen hat ist es
wunderbar."

Julia und ich schauten uns gegenseitig an. Granny wendete sich ihrer Arbeit zu.

„Was meint sie damit?", flüsterte ich Julia ins Ohr.

„Weiß nicht."

„Wir müssen wieder mal rätseln."

„Danke!"

„Sorry, Julia. Du kannst besser 1 und 1 zusammen
zählen."

„Gut, ich mach's."

„Du hilfst wirklich gut."

Julia zog nur eine Augenbraue hoch.

„Nur weil es du bist. So und jetzt weiter mit den
Ringen. Gehen wir in dein Zimmer."

„Dann gehen wir mal."

Kurz vor meinem Zimmer sprach ich:

„Was ist mit Sophie? Sie muss mir helfen."

„Romy, es ist für alles gesorgt."

„Wie muss ich das verstehen?"

„Schau her."

Julia öffnete die Tür. Vor mir stand auf einmal....

„Sophie."

„Wir müssen mal wieder zusammen was tun."

„Lass mich raten."

Ich zeigte auf Julia.

Sophie nickte.

„Na dann mal los."

„Welches Jahr?"

„Das Gen, das 1790 geboren wurde."

„Viel Spaß. Ich war noch nie im 18.Jahrhundert."

„Kein Problem. Mache das was ich auch mache."

„Gut. Wollen wir?"

Ich nickte.

„Zu wem gehen wir eigentlich?"

„Zu einem Church. Um genauer zu sein Lord
Maximilian Church."

„Auch nicht schlecht. Mal auch wieder ein Mann."

„Sophie!"

„Schon gut. Lass uns reisen."

Ich drückte auf meinen Ring.

„Romana, wie lautet dein Passwort?"

Die Hand von Sophie nahm ich.

„Durch Raum und Zeit zu reisen ist nicht schwer, denn
durch das Zeitreisen ist die Macht gegeben."

Kapitel 14 Sophie tut es weh, wenn sie Streit hat mit Romana

Na toll. Ich habe mir ein fabelhaftes Jahr aus- gesucht. Um genauer zu sein das Jahr 1810. Sophie lag ja falsch mit dem 18. Jahrhundert. Wir sind im 19.Jahrhundert. Naja. Sophie war wahrscheinlich nicht gut in Geschichte, obwohl sie das letzte Mal richtig geschätzt hatte. Gut. Ich will nicht schlecht über sie reden. Aber manchmal gibt es auch bei ihrem Leben Aussetzer.

„Hier stinkt es."

„Sophie an das musst du dich gewöhnen. Sei froh, dass wir nicht im alten Rom sind."

„Wieso sind wir auf der Straße?"

„Keine Ahnung. Vielleicht weil dieser Maximilian Church sich hier auf der Straße rumtreibt."

„Wie alt ist der jetzt?"

„Um genau zu sein 20. So müsste er das Gen schon haben."

„Woran erkennen wir ihn?"

„An dem Ring natürlich."

„Und wenn er ihn nicht dran hat?"

„Sophie, in den Jahrhunderten von 18.- 20. Weiß keiner, dass sie ermordet werden. Es sei denn Lady Tiger hat es ihnen gesagt."

„Weil du ja so klug bist und es einfach gesagt hast. Was ist, wenn er uns nicht glaubt und uns einsperren lässt."

„Hier wird niemand eingesperrt. Außerdem haben wir uns nicht in die Klamotten dieses Jahrhunderts geschmissen, denn sonst würde uns keiner glauben."

„Ach ja. Wer sagt, dass es gefährlich ist."

„Grandpa."

„Nein du."

„Okay. Könnten wir diese Diskussion auf später verschieben? Wir sind auf einer Mission Ringe."

„Jetzt willst du dich raus winden. Ich wäre lieber zu Hause, als wie mit dir hier zu sein."

„Ich kann nichts dafür."

„Ach nein. Wem seine Idee war es, dass ich helfen soll?"

„Julias."

„Schiebe nicht alles auf andere. Das hat mich bei Caroline auch gestört. Immer waren es die anderen und nicht sie."

„Was hat jetzt meine Mum damit zu tun?"

„Die Canberras stinken mir langsam."

Nun platzte mir der Kragen.

„Wer hatte in seinem Leben so viele Unfälle und konnte sich an nichts erinnern. Wer ist dummerweise bei einer anderen Familie aufgewachsen? Und wer hat dir geholfen von September bis jetzt?"

„Jetzt tust du so als wäre ich dir böse."

„Nein, Sophie. Es geht hier um das Prinzip. Wärst du nicht immer vor einem Streit davon gelaufen, hättest du keine Unfälle gehabt. Schon mal darüber nachgedacht? Du hast ja mit Sebastian gestritten, bevor du den Unfall hattest und warum? Weil Sebastian etwas rausgefunden hatte. Das mit Sam. Ihr seid beide zu feige eure Fehler zuzugeben. Genauso wie meine Mum. Ihr passt wirklich super gut zusammen. Und ich war immer jetzt

das Opfer das für alles den Kopf halten hat müssen für
eure Dummheit. Klärt das in Zukunft selbst. Und du
räum mal auf bevor du mit mir zum Streiten anfängst.“
„Du tust so als…“
„Hör auf Sophie. Tu nicht so als wärst du die
Unschuldige, denn hättet ihr euch alle nicht gestritten
wäre vieles anders gekommen. Genau wie mit Tina.
Hättest du besser auf Tina aufgepasst würde sie heute
noch am Leben.“
„Was willst du?“
Ich holte tief Luft. „Vertrag dich mit Sam?“
„Weißt du was mach deinen Mist selbst ich geh nach
Hause.“
„Immer wenn es um Sam geht willst du weg. Geht
schlecht. Ich bin in Gefahr. Du hängst bei mir fest. Denn
ohne mich kannst du ja schlecht nach Hause. Hören wir
auf zu streiten. Konzentrieren wir uns auf das hier.“
„Hast ja recht. Mir tut es immer weh, wenn wir
streiten.“
„Mir auch.“
„Sind wir wieder gut miteinander?“
Ich nickte und sah zur anderen Straßenseite. Da war ein
Platz mit vielen Menschen. Hoffentlich haben sie unsere
Diskussion nicht mitbekommen. Ein Mann mit einem
schwarzen Zylinder auf dem Kopf, fiel mir sofort ins
Auge. Schon von der Kleidung her. An seinem Finger er-
kannte ich das wonach ich suche.
„Komm, Sophie. Das ist er.
Sophie nickte.
„Zu Hause können wir über Sam reden.“

Sophie verdrehte die Augen und folgte mir dann doch.
Der Platz hatte lauter kleine Stände. Wahrscheinlich ein
Markt.

„Frische Äpfel. Nur 50 Pence.", sprach eine Frau.

„Frischer Fisch." Von einem Mann. Wir liefen auf den
Mann zu.

„Entschuldigen Sie?", sprach ich.

„Ja."

„Sind Sie Lord Maximillan Church?"

„Der bin ich."

„Dürften wir mit dem Lord reden?"

„Selbstverständlich."

„Könnten wir woanders hin?"

„Wenn es die Dame wünscht."

Mich wunderte es, dass er uns nicht doof ansah wie die
Menschen des Marktes. An der Ecke der Straße blieb Lord
Church stehen.

„Um was geht es? Und wer seid Ihr?"

„Ich bin Romana Canberra und das ist Sophie Self. Wir
brauchen Ihre Hilfe."

„Für was?"

„In der Zukunft gibt es einige Probleme. Sie haben ein
Gen."

„Ja. Ihr seid aus der Zukunft?"

„Ja. Ich habe das Gen und eine Bande hat es auf das
Gen abgesehen. Die Zeit rennt davon. Dafür brauchen
wir Ihren Ring."

„Für was brauche Sie meinen Ring?"

Ich nahm den Ring von Antoinette Church heraus.

„Stecken sie mal Ihren und diesen Ring zusammen."

Er nahm seinen und steckte ihn auf den Ring von Antoinette. Antoinette ist seine Schwester. Sie wird mit dem Enkel von Lady und Lord Porre verheiratet sein. Das heißt sie
ist die Schwiegertochter von Miss Mary Jane und Leopold
Porre. Im Klartext Prisella und ich könnten verwandt sein.

„Sie passen."

„Genau deswegen brauchen wir Ihren Ring."

„Und wie reise ich dann?"

„Mit Ihren Gedanken können Sie gezielt reisen. Ich
spreche aus Erfahrung."

„Wie alt sind Sie?"

„16."

„Das heißt Sie wissen erst seit kurzem, dass Sie reisen
können."

„Wenn man es so formulieren kann ja."

„Ich gebe den Ring Ihnen, wenn dieser Ring die
Zukunft rettet. Eine Frage hätte ich noch."

Er gab mir beide Ringe.

„Stellen Sie ruhig ihre Frage."

„Aus welchem Jahr kommt Ihr?"

„2014."

„Oh je. Da lebe ich wohl nicht mehr."

„Leider."

„Was ist in der Zukunft anders?"

„Es gibt elektronische Post, Handys, Staubsauger,
Autos und…"

„Computer."

Vervollständigte Sophie meinen Satz.

„Interessant. Wenn Sie mich wieder mal besuchen
 kommen, bringen sie sowas mal mit."

Maximilian Church hat Humor. Genau wie Lady Church.

„Lebt Lady Church noch? Also sind Sie Sohn oder Enkel schon."

„Ich bin das Enkel schon. Sie meinen, meine Grandma."

„Genau."

„Sie ist letztes Jahr verstorben."

„Das tut mir leid."

„Sie kennen Lady Church?"

„Ja. Ich habe sie besucht. Oft. Sie hat mir auch viel geholfen. Ich bin Lady Churchs Urururrenkel. Sind Sie der Sohn von Ludwig Church?"

„Ja."

„Das heißt ihr Bruder ist Richard."

„Woher wissen Sie das Ganze?"

„Meine Grandma hat mir davon erzählt."

„Bringt sie das Gen mit?"

„Nein. Mein Grandpa. Das heißt du gibst das Gen wahrscheinlich nicht weiter."

„Warum?"

„Sie werden im Jahr 1812 nicht mehr leben. Ihre Schwester Antoinette gibt es weiter."

„Das ist ein schlimmes Schicksal."

„Ich wollte Ihnen das jetzt nicht so offenbaren."

„Ist kein Problem, Miss Canberra. Irgendwann müssen alle von dieser Erde gehen."

Mein Ring begann zu blinken.

„Wir beide müssen zurück."

„Macht es gut. Und ich werde im Jahr 1812 aufpassen, wie ich sterben werde."

„Müssen Sie nicht, denn es wird sehr grausam sein."

Er sah mich nur an. Sophie und ich lösten uns in Luft auf.
Ich hörte nicht einmal mehr was er sagte.

„Und wie weit bist du gekommen?", fragte Pia.
„Weit."
„Was heißt da weit Romy?"
„Julia und ich haben bis zum Gen, das im Jahr 1742
 geboren wurde geschafft."
„Wollte dir nicht Sophie helfen?"
„Ja, aber wir hatten im Jahr 1810 eine
Auseinandersetzung. Nachdem wollte sie nicht
 nochmal mitkommen und auch nach Hause. Hatten
uns auch versöhnt. Aber ich hab mal wieder von Sam
geredet. Deswegen musste mir Julia helfen.
Ausgerechnet als letzte landen wir bei Lady Church."
„Na super. Bei Sam stellt sie ja auf Stur, das haben wir
das letzte Mal schon mitbekommen. Wieso bei Lady
Church?", fragte Prisella.
„Im Jahr 1772 war Lady Tiger bei Lady Church."
Das war schlimm, denn Julia war das erste Mal im 18.
Jahrhundert. Julia und ich tauchten im Arbeitszimmer von
Lady Church auf. Am Tisch saßen zwei Frauen. Die eine
war Lady Church und die andere Lady Tiger.
„Guten Tag, Romana!", sprach Lady Church.
„Guten Tag, Lady Church! Wir beide wollten eigentlich
nicht zu Ihnen, sondern zu Lady Tiger."
„Lady Tiger ist anwesend."
„Darf ich fragen wer diese junge Dame ist?"
„Lady Church, das ist meine Schwester Julia Canberra."
„Freut mich noch ein Enkel aus der Zukunft kennen zu

lernen."

„Freut mich auch Lady Church mal persönlich kennen
zu lernen."

„Was wollt Ihr eigentlich von mir?", fragte Lady Tiger.

„Ihren Ring.", gab ich zur Antwort.

„Für was braucht Ihr meinen Ring?"

„Diese Frage hat mir bis jetzt fast jedes Zeitreisegen
 gestellt."

Ich gab ihr den Ring von Ludowika Tiger, der Tochter von
Lady Tiger. Lady Tiger ist mit 16 Mutter geworden. Sie hat
mit 15 schon geheiratet. Unvorstellbar im Jahr 2014.

„Was soll ich mit dem Ring?"

„Nehmen Sie Ihren Ring und den Ring von Ludowika
Tiger."

„Von meiner Tochter."

„Ja."

Lady Tiger nahm den Ring von Ludowika und ihren. Lady
Church schaute gespannt zu. Sie steckte sie zusammen.

„Die Ringe passen ja zusammen."

„Genau, deswegen. Uns rennt die Zeit in der Zukunft
davon, wegen der Bande."

„Was passiert, wenn alle zusammen sind?", fragte Lady
Church.

„Etwas wunderbares wie ein Wunder. Verstehen wir
beide auch nicht."

„Das stimmt. Dies wird schon erzählt von meiner
Mutter. Sie war die Erste mit dem Gen. Ich gebe euch
meinen Ring."

„Danke, Lady Tiger."

„Wie viele habt ihr schon?"

„Bis zu Ihnen alle. Also. Von 1998 bis 1742 geborene
Gens.“

„Das sind viele.“

„Ja. Wir sollten zurück. Granny macht jetzt sicher
Abendessen.“

Ich nahm beide Ringe, drückte auf meinen Ring und Julia
und ich waren im Jahr 2014 wieder. So lief das ab. Zum
Glück hat sich Julia zusammen gerissen.

„Wegen was hattest du und Sophie eine
Auseinandersetzung? Normalerweise streitet ihr nicht
wegen Sam so arg.“

„Es ging um die Streits sowie Dickköpfe.“

„Oh je. Na, dann viel Spaß.“

„Zumindest war sie gestern nicht mehr sauer als sie
ging. Ich denke mal sie überlegt sich das noch mit
Sam.“

„Vielleicht hast du etwas gesagt, was stimmte.“

„Ja. Viel.“

„Ich möchte nicht wissen was.“, sprach Prisella.

„Wie lange haben wir eigentlich noch Unterricht?“

„Noch 15 Minuten, Romy.“

„Im Ernst.“

„Leider.“

Es ist doof noch 15 Minuten. Lieber will ich nach Hause.
Diese viertel Stunde überbrückte ich noch. Als die Glocke
läutete hatte ich schnell mein Zeug in die Schultasche ge-
steckt und war aus dem Klassenzimmer schon verschwunden.

Kapitel 15
Gefangen

Am Gang lief ich entlang. Prisella und Pia konnten mir nicht folgen. Was kann etwas Wunderbares sein, wie ein Wunder? Diese Frage beschäftigt mich. Granny sagte, Glück, Frieden oder Liebe. Seltsam. Ausgerechnet ich deck alles auf. Bin ich eine Auserwählte oder was bin ich? Komisch ist es schon. Sogar seltsam, dass Tina und ich gleich aussehen. Der Dad ist ja der gleiche. Sam sagte mir ich hätte die Augen von Sophie. Caroline sei anscheinend nicht schwanger gewesen. Was ist da dran? Bin ich….

„Was ist los?"

Jemand zog mich am Arm.

„Nicht erschrecken Romy. Ich bins Lucas."

„Oh. Hi."

„Ich möchte dir etwas erzählen."

„Dann leg los."

„Nicht hier. Gehen wir schnell hier rein."

„Okay."

Ich folgte Lucas in ein Klassenzimmer. Er machte die Tür zu. Es war keiner mehr im Klassenzimmer.

„So, was willst du mir erzählen."

„Du warst sehr mutig am Montag, dein Leben in Gefahr zu geben, für andere. Das hätte ich nicht geschafft."

„Es war nicht einfach. Wars das oder kommt da noch was?"

„Nein. Ich wollte dir noch sagen, dass danke das du das raus gefunden hast wegen Tina. Als du mir den Gruß

ausgerichtet hast, habe ich gedacht ich träume. Sie steht
vor mir. Doch dann wurde mir klar, als mir diene Tante
sagte, ihr wärt mit Tina auf der Hochzeit gewesen, dass
du nicht Tina bist. Sondern dass du Romana Canberra
bist. Das ist mir jetzt klar. Entschuldigen möchte ich
mich noch, dass ich dich immer verwechselt habe."
„Es muss dir nicht leid tun. Mir müsste es leid tun. Ich
habe dich ignoriert, als ich rausgefunden habe, dass der
Junge in der Vergangenheit du bist. Doch dann hab ich
herausgefunden, dass du mit Tina zusammen warst zu
dieser Zeit. Die Dinge, die du mir gesagt hast, hab ich
immer auf mich bezogen, weil ich nicht wusste, dass
Tina existiert. Ich war sauer auf dich. Dann hatte ich zu
Hause viel Streit mit meiner Mum wegen Sophie etc."
„Du musst mir nicht alles erklären. Ich habe ja vieles da
auch mitbekommen. Ich bin stolz auf dich da du dich
für jeden opferst. Deswegen nehme ich deine
 Entschuldigung an. Sind wir wieder Freunde?"
„Du meinst Schülerin und Lehrer."
„Wie meinst du das?"
„Du bist immer noch mein Musiklehrer. Schon
 vergessen."
„Ja, aber ich war Tinas Freund. Wir machen einen
Diehl. In der Schule bin ich Mr Matterl und Privat
Lucas. Einverstanden?"
„Na gut. Einverstanden."
„Hast du eigentlich noch was raus gefunden über Tina,
ob sie noch leben könnte?"
„Noch nicht. Hatte noch andere Dinge zu tun.", sprach
ich und sah auf meine Uhr. „Oh. Ich sollte nach Hause

sonst macht sich meine Granny sorgen um mich."

„Kein Problem. Umso ein Mädchen wie dich würde
sich jeder Sorgen machen. Also geh."

Ich nahm die Türklinke und merkte, dass die Tür abgeschlossen war.

„Was ist?"

„Hast du einen Schlüssel?"

„Nein. Der liegt im Lehrerzimmer."

„Na toll."

„Warum?"

„Die Tür ist zu gesperrt."

„Ach so."

„Hast du ein Handy dabei?"

„Nein. Und du?"

„Meins liegt im Spind."

„Dann versuchen wir`s aus dem Fenster zu klettern."

„Gute Idee."

Eins muss ich sagen, Lucas findet immer eine Lösung für
ein Problem. Wir liefen zu den Fenstern. Jedes versuchten
wir auf zu machen.

„Es sind sogar die Fenster abgeschlossen. Was machen
wir jetzt?"

„Es ist komisch, dass die Fenster abgeschlossen sind.
Normal sind sie immer offen."

„Irgendwas stimmt hier nicht Lucas."

„Und was?"

„Ich habe so ein Gefühl." Ich sah auf meine Hände. Mist
der Ring ist zu Hause, denn ich habe ihn vor dem Schlafen
gehen auf den Nachttisch gelegt und da liegt er noch.
Keine Fliehmöglichkeit.

„Was für ein Gefühl hast du?"

„Dass es eine Falle ist."

„Romy, sicherlich nicht."

„Doch, Lucas. Ich bin vor einer Bande in…"

Ein komischer Geruch unterbrach mich. „Riechst du es auch."

„Ja. Guck mal."

Ich drehte mich um. Vorne an einem Pult qualmte Nebel raus.

„Schnell wir müssen hier raus."

Lucas nickte. Wir schlugen gegen jede Scheibe, doch es half nichts.

„Okay. Es bringt nichts. Ich schrei um Hilfe."

„Nein, Romy. Es hört dich niemand."

„Das einzige was ich machen kann ist mein Geheimnis benutzen, aber du würdest hier bleiben."

„Versuch es und hol uns beide hier raus."

„Gut."

Ich versuchte mich zum Konzentrieren, aber ich bekam Beschwerden mit dem Atmung.

„Romy."

Ich fiel zu Boden und hustete.

„Romy, du darfst jetzt nicht aufgeben."

„Mir…"

Diesen Satz konnte ich nicht fertig aussprechen. Vor mir drehte sich alles und ich bekam nichts mehr mit.

Epilog
Wo ist Romy?

18.12.2014

„Granny, weißt du wo Romy ist?", fragte Julia.

„Nein.", gab Charlotte Canberra zur Antwort.

„Vielleicht ist sie in der Zeit?"

Julia schüttelte den Kopf.

„Ihr Zeitreisering ist hier und es ist 12.30 Uhr."

Charlotte Canberra ließ den Kochlöffel fallen und ahnte schon das Schlimmste. „Ruf sie an!"

„Hab ich schon, da geht nur die Mailbox hin."

„Dann ruf mal ihre Freundinnen an. Ich rufe bei Sam an."

„Gut mach ich."

Romanas Granny rannte zum Telefon und tippte die Nummer von Sam ein.

„Guten Tag, Mrs Bill. Hier ist Charlotte Canberra . Ist Mr Anderson auch da?"

„Ja. Er ist da. Wegen was wollen Sie ihn sprechen?"

„Es geht um Romana."

„Okay. Einen kleinen Moment bitte."

Während sie wartete kam Julia.

„Bei Prisella und Pia ist sie auch nicht. Sie sagten nur sie verschwand schnell aus dem Klassenzimmer. Und wie wärs noch mit Sophie?"

„Warte! Guten Tag Mr Anderson."

„Mrs Canberra was gibt es?"

„Ist Romana bei Ihnen?"

„Nein. Sie ist nicht auffindbar. Zeitgereist ist sie auch

nicht.“

„Ich komme sofort Mrs Canberra.“

„Gut!“ Sie legte auf.

„Jetzt können wir Sophie anrufen. Sam kommt gleich. Willst du anrufen?“

Julia nickte.

„In der Zwischenzeit hole ich Nil und mach mich fertig.“, sprach Charlotte und lief in den Flur.

Julia tippte Sophies Nummer ein und wählte.

„Hallo Sophie. Hier ist Julia.“

„Hallo Julia.“

„Wir haben ein Problem.“

„Und welches!“

„Ist Romy bei dir?“

„Nein. Ist sie in der Vergangenheit?“

„Leider auch nicht. Ihr Ring ist hier und weit und breit keine Romy. Sie kam nicht von der Schule.“

„Der Mörder. Ich komme sofort, Julia.“

Sophie legte auf.

„Oh, alle kommen wegen Romy. Das kann eine tolle Begegnung geben für die Turteltäubchen.“, sagte Julia.

„Und bei Sophie?“, fragte Charlotte, als sie ins Wohnzimmer kam.

„Sie kommt auch.“

Charlotte machte große Augen.

„Na bravo. Das kann heiter werden. Hoffentlich reißen sie sich zusammen.“

„Ich glaube für Romy schon.“

„Prisella und Pia sind auch schon da. Mach dich fertig.“

„Mach ich.“, rief Julia und lief aus dem Wohnzimmer.
„Ich kann nur hoffen, dass Romy nichts zugestoßen
ist.“, sprach Charlotte und verließ das Wohnzimmer.

Dank

Ich möchte mich recht herzlich bei allen bedanken die mich immer wieder unterstützen, mir Mut geben und für mich da sind, wenn ich jemanden brauche.

Jetzt möchte ich noch etwas loswerden. Ohne gewisse Menschen hätte ich nicht so viel gelernt oder die mir geholfen haben bei dieser Geschichte. Doris G. hatte mir geholfen bei dieser Hochzeit im 18.Jahrhundert. Ihnen ist die Figur Mrs Gigi gewidmet.

Bei einem ganz besonderen Menschen will ich mich sehr bedanken dafür, dass du oft dir Zeit genommen hast für mich und ich dir Dinge anvertrauen durfte. Bei vielen Dingen hast du mir Mut gemacht mit deinen Worten. Auch die Angst hast du mir genommen über meine Krankheit zu sprechen. Deine Tipps waren die besten die ich je bekommen habe. Du bist mit unter anderem einer meiner wichtigsten Menschen in meinem Leben. Von dir hab ich viel gelernt und du bist mein Vorbild. Was würde ich nur ohne dich tun. Bin so froh dich kennengelernt zu haben.

Eure

Anna-Maria Fink

Herstellung und Verlag:
BoD – Books on Demand, Norderstedt
ISBN: 978-3-7519-7008-2

FSC
www.fsc.org
MIX
Papier aus ver-
antwortungsvollen
Quellen
Paper from
responsible sources
FSC® C105338